Ceci n'est pas un conte.

Ayat Mlanao

Ceci n'est pas un conte.

Réécriture de La Belle et la Bête.

En application de l'art. L.137-2.-I. du code de la propriété intellectuelle, toute reproduction et/ou divulgation de parties de l'oeuvre dépassant le volume prévu par la loi est expressément interdite.

© Ayat Mlanao, 2024

Relecture, correction, mise en page et couverture : Imani Mlanao
Photo de couverture : Istock (contenu sous licence)

Édition : BoD - Books on Demand, info@bod.fr
Impression : BoD - Books on Demand, In de Tarpen 42, Norderstedt (Allemagne)

Impression à la demande
ISBN : 978-2-3225-4212-3
Dépôt légal : Août 2024

À mon père, j'aurais aimé que tu sois en vie pour voir la femme que je suis devenue.

Prologue

— "Belle rayonnait de bonheur. Elle avait cru que les contes de fées n'existaient que dans ses chers livres. Et voilà qu'elle était l'héroïne d'une histoire plus belle que toutes celles qu'elle avait lues. Elle savait en outre comment l'histoire allait se terminer : elle et son Prince vivraient heureux et ils auraient beaucoup d'enfants." Fin. Allez mon trésor, Il est temps pour toi de dormir. Bonne nuit, mon bébé, dit Lise en éteignant la lumière pour que son fils puisse dormir.
Mais l'enfant n'était pas prêt à dormir. Loin de l'endormir, l'histoire l'avait réveillé. Il était assis en tailleur sur son lit et était perdu dans ses pensées.
— Allo la lune ici la terre, plaisanta sa mère.
— Attends, ne pars pas, maman, j'ai une question !

— Vas-y, une question et après dodo, répondit Lise.

— Les fins heureuses c'est que dans les contes de fées hein ? Et puis en vrai Belle n'aurait pas pu défaire la malédiction parce que le véritable amour ça n'existe pas ?

— Bien sûr que si le véritable amour existe vraiment ! Moi je t'aime, pas vrai ? Non c'est la magie qui n'existe pas, les mauvais sorts, la Bête et le grand méchant loup ! s'indigna Lise tout en lui faisant des chatouilles.

Le petit garçon chatouilleux gesticula tous les sens en riant puis il réclama un bisou et souhaita bonne nuit à sa mère. Lise quitta la chambre de son fils et referma la porte derrière elle.

Chapitre 1

L'odeur du pain grillé lui chatouilla les narines. Pendant un instant, Adam ferma les yeux pour revivre un souvenir. Quand il était encore enfant, sa mère lui préparait le petit-déjeuner. Il se réveillait lorsqu'il sentait l'odeur du pain grillé et il descendait dans la cuisine rapidement. Très vite, il traversait les grands couloirs, dévalait les grands escaliers et enfin, accédait à la cuisine. À l'école, il disait qu'il vivait dans une grande maison mais c'était loin de la vérité. Sa grande maison était en fait un château de 509 mètres carrés, Adam et sa mère occupaient seulement un tiers du château, le reste n'étant pas habitable. Cela faisait quand même beaucoup. C'est pourquoi lorsqu'il arrivait enfin dans la cuisine, tout était prêt, déjà sur la table. Il s'asseyait à sa place sans même embrasser sa mère et s'attaquait directement à son petit-déjeuner. À l'époque, c'était son repas préféré. D'une part parce qu'il était préparé par sa mère contrairement à tous les autres repas, et aussi, parce qu'elle le partageait avec lui. Ils se racontaient leurs rêves, ce qu'ils avaient prévu de faire dans la journée, ils partageaient leur humeur du jour. Ils parlaient de tout et de rien. Adam chérissait ce moment parce que c'était le seul de la journée où sa mère était toute à lui.

Lise était agent immobilier et vendait des villas de luxe à des gens bien plus fortunés qu'elle. Contrairement à ce qu'on pouvait croire, Lise n'était pas immensément riche. Elle n'avait pas acheté le château Caulut, dans lequel elle s'était installée avec son fils, vingt-cinq ans auparavant. Elle en avait hérité à la mort de son père. D'ailleurs elle n'avait même pas restauré tout le château, seulement la partie qu'elle occupait. Sa vie entière se résumait à son travail. Jusqu'à ce qu'elle disparaisse il y a 2 ans, sans laisser de traces.

Une larme solitaire coula sur la joue d'Adam alors qu'il revenait à la réalité. Ce n'était pas sa mère en bas. Comme si la vie voulait remuer le couteau dans la plaie, il entendit les premières notes de *Sonate au clair de lune* de Beethoven. Aucun doute, c'était M. Bingley qui agissait comme si l'endroit lui appartenait. C'était le majordome du château. Autrefois, son rôle était de veiller à ce que le château reste toujours en parfait état, c'était lui qui donnait les ordres aux autres domestiques. Mais tous avaient abandonné le navire quand Lise avait disparu. Tous sauf M. Bingley, sa femme Anastasia qui était l'ancienne cuisinière, et leur fils Léo qui avait tout juste trois ans. Ils n'avaient nulle part où aller alors Adam, heureux propriétaire du château depuis la disparition de sa mère, leur avait permis de rester tant qu'ils continuaient de travailler comme avant. La seule différence c'est que plus personne ne leur versait de salaire mais ça n'avait pas d'importance pour M. Bingley. Il n'avait jamais travaillé pour de l'argent, et était de ceux qui épargnent régulièrement. Avant d'être sa patronne, Lise était son amie. C'était la raison pour laquelle il était encore là, deux ans après sa disparition. Gérard se sentait responsable d'Adam, il l'avait vu grandir, il était la seule figure paternelle de sa vie. Même s'il était loin de l'aimer comme son propre fils, il ne pouvait pas l'abandonner. Alors il avait fait tout son possible pour aider Adam après la disparition de sa mère mais ça n'avait servi à rien. Il avait regardé ce jeune homme détruire sa vie tout doucement. D'abord, il avait cessé d'aller à l'université. Puis il s'était isolé du monde et maintenant il adressait uniquement la parole à Gérard lorsqu'il n'avait pas le choix. Le reste du temps il était terré dans sa chambre ou dans la chambre de sa mère. Seul Dieu sait ce qu'il y faisait.

Adam alluma le poste CD que sa mère lui avait offert pour ses douze ans. Il ne l'avait jamais vraiment utilisé, enfin quand elle était encore là. Mais depuis sa disparition, il avait écouté le seul disque qu'il avait, plusieurs fois. C'était l'album préféré de Lise, elle le lui avait offert en même temps que le poste. Il prit soin de mettre le volume à fond pour couvrir la musique de M. Bingley mais surtout pour que ce dernier l'entende. Peu importe, tous les efforts qu'il déployait pour aider Adam, cela ne marchait pas. Cela ne marcherait jamais. D'ailleurs, plus le temps passait, plus il en avait marre de Gérard et toute sa petite famille. Même les plats savoureux d'Anastasia ne justifiaient plus leur présence. Cela faisait deux ans que Lise avait disparu, ils devaient partir maintenant, se trouver leur propre logement et y élever leur fils. Adam avait envie de vivre seul mais il ne se voyait pas leur demander simplement de partir. M. Bingley avait toujours été là depuis sa plus tendre enfance alors même s'il détestait sa présence et son entêtement à vouloir l'aider, il le respectait. Adam les voulait dehors mais parce qu'eux-mêmes étaient décidés à partir. Anastasia voulait déjà partir depuis longtemps. Elle avait confié à son mari qu'Adam était "perturbé psychologiquement", qu'il avait besoin de l'aide de professionnels, qu'ils ne pouvaient plus rien faire pour lui. Mais M. Bingley se refusait de l'abandonner malgré l'absence d'effort du garçon. Il ne restait plus que Léo, leur fils de trois ans. Même s'ils vivaient dans la même demeure, Adam ne le voyait presque jamais. En même temps, ce n'était pas étonnant puisque le jeune homme restait enfermé dans sa chambre à longueur de journée. Mais pas aujourd'hui.

Il enfila un tee-shirt puis un sweat et garda le jogging avec lequel il avait dormi. Après avoir enfilé sa doudoune et sans prendre la peine de couper la musique, il sortit dehors. Le château Caulut était entouré de magnifiques jardins. Et qui adorait jouer avec son ballon parmi les allées ? Léo Bingley. Ses parents le laissaient jouer seul parce que l'enfant ne pouvait pas quitter la propriété et tant qu'il restait à l'intérieur, il ne risquait rien. Adam prit un peu de temps avant de trouver l'enfant. C'était un petit garçon qui ressemblait comme deux gouttes d'eau à sa mère. Il avait les mêmes cheveux blonds, les mêmes yeux bleus. C'était un bel enfant et il serait encore plus beau une fois adulte. Cela ne faisait aucun doute. Adam était presque jaloux. Pas de sa beauté, non il était lui-

même assez charmant dans un tout autre genre. Non, ce qui le rendait jaloux, c'est que Léo avait ses deux parents pour veiller sur lui. Adam avait grandi sans père mais ça ne l'avait jamais vraiment dérangé. En revanche, l'absence de sa mère était bien plus difficile à supporter. Une larme solitaire roula sur la joue d'Adam.
— Pourquoi tu pleures ? demanda Léo qui s'était approché sans bruit.
— Je ne pleure pas, répondit Adam en essuyant la larme d'un geste rageur.
— Tu veux jouer avec moi ? demanda l'enfant, le sourire aux lèvres.
— Non.
Le sourire de l'enfant disparu.
— Mais si tu veux, je peux te raconter une histoire ! ajouta vite Adam.
— Une histoire ?
— Oui, le titre c'est la Bête du château Caulut.
Adam raconta l'histoire de la Belle et la Bête sauf que dans sa version, la Belle n'arriva jamais au château. Lorsque le père de Belle vole une rose à la Bête, pour sa fille, la Bête n'hésite pas une seconde et le tue. Maintenant il ne reste presque plus personne au château Caulut, la Bête, le majordome M. Pingley, sa femme et son fils Téo. Mais la Bête aimerait bien rester toute seule dans son château alors une nuit pendant que la famille

Pingley dort profondément, la Bête poignarde papa Pingley, maman Pingley, puis elle s'approche de Téo…

— Arrête ! J'aime pas du tout ton histoire ! Je vais le dire à maman ! cria Léo avant de rejoindre le château en courant.

Adam Chester sourit, puis rit franchement. Aucun doute, demain il sera tout seul. En fait, cela prit une semaine pour que la famille Bingley quitte le château. Gérard avait expliqué à Adam qu'il avait trouvé un nouvel emploi dans un hôtel en Angleterre, et qu'il ne pouvait pas refuser cette offre. Il avait ajouté que sa femme et son fils avaient besoin de changement, et qu'il devait faire ce qu'il y avait de mieux pour sa famille. Il s'était senti mal à l'aise en disant ça, parce que c'était la première fois qu'il disait à voix haute qu'Adam n'était pas de la famille. Lui aussi s'était senti mal, étrangement, il avait eu l'impression de perdre une part de lui-même. Mais le sentiment s'était vite dissipé. Ils s'étaient dit adieu dans les jardins et quand il s'était retrouvé seul dans le château, il ne s'était senti ni soulagé, ni libéré mais seul.

Adam avait toujours apprécié la solitude même quand sa mère était encore là. Quand il n'était pas à l'université, il passait des heures entières seul dans sa chambre. Parfois, il lisait mais le plus souvent il jouait de la musique. Les Chester étaient musiciens depuis des générations. Lise jouait du piano comme sa mère avant elle. Par esprit de contradiction plus que par réelle envie, Adam avait choisi le violon. Cet instrument avait quelque chose de rare, quelque chose de merveilleux. Il avait appris à en jouer à 11 ans et c'était devenu une vraie passion. Un moyen pour lui de s'affranchir du monde qui l'entourait. Il n'avait jamais été un élève très sérieux dès le début de sa scolarité. En maternelle, il y allait juste pour faire plaisir à sa mère. Puis, dans les années qui ont suivi, il prit conscience que les bonnes notes rendaient sa mère fière. Mais arrivé au collège, la motivation de la rendre fière n'était plus suffisante. Au lycée, Adam s'en fichait royalement. Sa mère ne faisait plus du tout attention à lui, et il avait laissé tomber l'idée de réussir pour elle. Mais le violon, ça avait toujours été pour lui. C'était son truc. Il aimait en jouer, s'améliorer, mais c'était juste pour lui. Au fil des années, Adam était devenu un excellent violoniste. Puis il avait arrêté, de la même façon qu'il avait abandonné ses études. Depuis la disparition de sa mère, plus rien n'avait de sens, plus rien n'avait d'intérêt. Il avait perdu le goût de vivre.

En fait, Adam s'ennuyait terriblement depuis qu'il était tout seul. Il ne s'habillait plus, ne sortait plus, se nourrissait à peine. Il n'était plus que l'ombre de lui-même. Un fantôme qui errait dans un château abandonné.

Parfois, il observait les nuages par la fenêtre. Et il s'imaginait que sa mère était quelque part dans le château. Parfois son regard glissait vers le bas, il voyait les jardins, les arbres, les fleurs qui commençaient doucement à pousser. Soudain, Adam remarqua quelque chose qui sortait de l'ordinaire. Il y avait quelqu'un qui s'approchait de l'entrée, qui remontait l'allée principale d'un pas hésitant. C'était un vieil homme, enfin plus jeune que M. Bingley d'au moins dix ans. Il devait avoir l'âge de Lise mais Adam ne le reconnaissait pas. Le portail et même la porte d'entrée du château n'étaient pas fermés à clé, c'était inutile parce que personne ne s'aventurait dans le coin. Autour du domaine, il y avait une forêt assez imposante et plutôt effrayante lorsqu'on n'avait pas l'habitude de la traverser. Nombreux étaient ceux qui ignoraient l'existence du château, ceux qui étaient au courant le croyaient abandonné depuis longtemps. Combien même on essaierait de partir l'explorer, jamais on ne pourrait trouver son emplacement exact. À moins d'être déjà venu plusieurs fois.

Chapitre 2

Adam observa attentivement le visiteur. Il n'était pas grand, du moins pas plus que la moyenne. Peut-être légèrement en surpoids. En fait, rien dans sa silhouette n'était hors norme. Il portait sur ses épaules un long manteau d'hiver sombre qui cachait le reste de ses vêtements. Adam ne voyait pas distinctement son visage de là où il était mais il était pratiquement sûr de ne l'avoir jamais vu. C'était probablement un homme perdu qui avançait au hasard. Pourtant, il avait l'air de savoir exactement où il allait. Quand l'inconnu ouvrit la porte d'entrée, Adam se dit qu'il aurait eu le temps de la fermer à clé s'il n'était pas resté sagement à la fenêtre. Mais c'était trop tard. L'homme était déjà entré. Adam s'écarta de la fenêtre pour descendre sans un bruit. Il pensa bien à ne pas allumer les lumières, la plupart des volets étaient encore fermés parce que le jeune homme ne prenait pas le temps de les ouvrir le matin. Comme il fallait les refermer le soir, Adam ne voyait pas l'intérêt de les ouvrir. C'était comme faire son lit. Sa mère aurait dit que c'était une question d'argent, que l'électricité n'était pas gratuite. Mais elle n'était plus là, et il veillait chaque mois à payer l'électricité. Comme il ne sortait plus, il ne dépensait plus un sou en loisir et banalité. L'argent servait uniquement à payer cette facture et la nourriture qu'il achetait de temps en temps histoire de rester en vie. Seuls les volets de sa chambre restaient ouverts en permanence. Il n'était pas encore tout à fait en bas lorsqu'il entendit le visiteur appeler M. Bingley. Sa voix le plongea des années en arrière.

***

Adam a sept ans. Il est allongé sur son lit et regarde le plafond de sa chambre. Sa mère a fait installer des étoiles qui s'éclairent la nuit pour ne pas qu'il ait peur. Seulement, la journée elles ne brillent pas parce que ce ne sont pas de vraies étoiles. Les vrais étoiles ne s'éteignent jamais, seulement le ciel est trop éclairé la journée pour qu'on les voit. C'est comme la lune, on ne la voit pas la journée, elle reste parfois invisible la nuit mais elle est toujours là. Soudain, l'enfant entend du bruit qui vient perturber le silence de sa chambre. Quelqu'un est venu rendre visite à sa maman. Ça arrive tellement rarement pour ne pas dire jamais qu'Adam doit absolument voir qui est là. Il descend rapidement mais fait attention à ne pas faire de bruit. L'enfant est très doué pour rester silencieux et ne pas se faire remarquer. Plus tard, il sera un agent secret, un espion ou un détective privé. Quelqu'un qui agit dans l'ombre et le silence. Pas comme sa mère, elle, on l'entend toujours même de très loin comme si elle aimait ça, être entendu, être vu. Si Adam devait avoir un superpouvoir, aucun doute il choisirait l'invisibilité. Quoi de mieux que d'observer sans être vu ? Mais hélas c'est impossible dans la vraie vie. De sa cachette, le petit garçon entend tout mais ne voit rien. Il y a deux voix, sa mère qu'il identifie immédiatement et une autre, masculine qu'il n'a jamais entendue avant.

— Adam, viens dire bonjour !

Ça, c'est sa mère qui bizarrement ne crie pas comme si elle savait qu'il n'était pas loin. Adam s'approche et aperçoit deux invités. L'homme qu'il a entendu et une petite fille qui reste derrière lui sans rien dire.

— Bonjour, dit le petit garçon timidement.

— Bonjour Adam, tu ne te souviens sûrement pas de moi mais on s'est déjà rencontré. Je m'appelle Jacques Stone et ça, c'est ma fille Anna. Elle est un peu plus petite que toi, elle a cinq ans, répond l'homme en souriant.

— Et si tu l'emmenais jouer en haut ou dans les jardins, mon chéri ? propose sa mère.
Adam ne se fait pas prier, il prend la petite par la main et l'entraîne dehors.

***

Ce n'était pas un inconnu. Adam se souvenait de lui désormais. C'était Jacques Stone, le père d'Anna. Cela faisait un moment qu'il n'était pas venu au château, plus d'une décennie. Autrefois, il venait avec sa fille et il la laissait là pendant des heures avant de revenir la chercher. Elle restait avec Adam tout ce temps, ils passaient tout leur temps à jouer. Le garçon était ravi qu'elle vienne parce que même s'il allait à l'école il n'avait pas d'ami. C'était un garçon solitaire. Mais Anna n'avait rien à voir avec les autres enfants de son école, elle était différente. Plus authentique, moins polie aussi. En fait, elle était un peu espiègle et absolument pas timide comme on pouvait le croire lorsqu'on la rencontrait pour la toute première fois. Leur jeu préféré c'était cache-cache. Elle était presque aussi douée que lui pour se rendre invisible. Un jour, Adam avait demandé à sa mère pourquoi Anna venait aussi souvent. Elle lui avait expliqué que la petite fille avait perdu sa mère et que la situation était très dure pour son père.

— Elle est partie où, sa maman ? avait demandé Adam qui n'avait pas compris l'expression.

— Elle n'est pas partie Adam, elle est morte, répondit Lise qui n'avait pas peur des mots. Mais elle a son père comme toi, tu m'as moi. Son père et moi, on était amis avant. On est amis. Et les amis, ils s'entraident. Alors nous, on va les aider du mieux qu'on peut.

— Comment ? Comment moi je peux les aider ?

— En devenant l'ami d'Anna, elle en a besoin.

— Je peux faire ça ! s'était exclamé Adam comme si ce n'était pas une évidence.

C'était ainsi qu'Adam était devenu l'ami d'Anna. Mais cette amitié n'avait pas duré longtemps. Six mois à peine. Anna venait de moins en moins chez eux jusqu'à ne plus venir du tout. Le petit Adam s'était dit qu'elle n'avait plus besoin d'un ami, et il n'avait pas questionné sa mère à son sujet. L'année suivante, elle lui avait dit qu'ils habitaient désormais à Fleurabeau, le village d'à côté. Adam avait demandé à y aller mais elle avait dit qu'elle ne connaissait pas l'adresse. Adam en avait conclu que sa mère aussi n'était plus amie avec le père d'Anna.

Que faisait Jacques Stone chez lui ? Était-il venu pour revoir Lise ? N'avait-il pas entendu que personne ne l'avait vu depuis deux ans ? Était-ce pour ça qu'il était venu ? Pour voir si Adam était encore là ? Pour donner ses condoléances deux ans en retard ? Cela n'avait aucun sens. Lorsqu'il comprit que la demeure était sans doute abandonnée, Jacques Stone se dirigea vers la sortie. Adam le regarda s'éloigner, la tête toujours pleine de questions. Pendant un instant, il s'imagina le retenir et l'interroger sur sa présence. Mais il ne le fit pas. Adam avait une autre idée en tête. Il avait changé depuis l'époque où il fréquentait Anna. Ce n'était plus un bon petit garçon capable de tout pour rendre sa mère fière. C'était un jeune homme à présent qui n'avait plus de mère. Comme Anna. Sauf que lui n'avait pas envie qu'on l'aide.

***

Adam est à Fleurabeau, le village d'à côté. Ce n'est pas très loin de Caulut, environ 30 minutes, mais c'est la première fois qu'il s'y rend. La ville qu'il connaît vraiment, c'est Courcité, environ à trois quarts d'heures de Caulut. C'est là que sa mère travaillait, et où lui-même avait fait toute sa scolarité avant de laisser tomber il y a deux ans. Là où il faisait les courses. Adam avait son permis depuis ses 18 ans, c'était nécessaire pour lui de pouvoir aller là où il voulait plutôt que de rester à Caulut. La voiture avait été un cadeau offert par sa mère pour sa majorité. Il adorait l'idée d'avoir une voiture, de pouvoir aller là où il le voulait, quand il le voulait, mais il n'aimait pas conduire. Quand il s'était dit qu'il allait suivre M. Stone, il avait choisi de prendre son vélo, histoire d'être plus discret. Il avait un peu regretté son choix lorsque Jacques était sorti de la forêt pour rejoindre la route principale. Il avait accéléré et Adam avait failli le perdre. Mais il avait tenu bon, et maintenant il était devant chez lui. L'homme qui ne se doutait de rien, était rentré chez lui. Il habitait une charmante maison qui semblait minuscule par rapport au château mais vraiment plus chaleureuse. C'était sûrement dû au fait que les volets étaient tous ouverts malgré la nuit qui était tombée et Jacques une fois rentré avait allumé presque toutes les lumières. Adam avait une vue imprenable sur le salon et la cuisine. Les deux fenêtres qui donnaient sur la rue au premier étage étaient éteintes. Adam ne savait plus vraiment pourquoi il était là. Bien sûr, ça avait été amusant, presque excitant même, de le suivre jusque chez lui. Pour la première fois, depuis longtemps, il avait eu un objectif, une mission. Mais maintenant qu'il avait réussi, la mission avait perdu tout son intérêt. Alors qu'il observait le salon, son regard accrocha avec une photo dans un cadre exposé sur un meuble. C'était une photo d'Anna qui devait avoir seize ou dix-sept ans. Même s'il ne l'avait pas revu depuis quatorze ans, Adam la reconnut tout de suite. Elle avait toujours ces yeux clairs qui oscillaient entre le vert et le bleu et son air malicieux. Mais en dehors de ça, elle ressemblait très peu à la Anna qu'il avait connue. Déjà, ses cheveux étaient différents, ils étaient passés du blond au brun. La Anna sur la photo les portait jusqu'aux épaules et avait une petite frange. Sur la photo elle avait les cheveux bouclés mais les boucles étaient tellement parfaites qu'Adam savait qu'elles n'étaient pas naturelles. Anna avait naturellement les cheveux lisses. Ensuite, elle portait des lunettes rondes et noires qui lui donnaient un air intelligent. Enfin, elle était maquillée, pas comme une voiture volée mais assez pour que ça se remarque. Elle était jolie dans son genre. Adam aurait aimé la voir en vrai mais elle n'était pas à la maison ce soir-là. Du moins pas encore. Puisqu'il était là, autant l'attendre. La perspective de la revoir après tant d'années le réjouissait.

Cela faisait presque dix minutes qu'il était caché devant chez elle, lorsqu'elle arriva sur le palier. Elle était assez différente de sur la photo. Si elle portait toujours les mêmes lunettes, elle n'était pas maquillée. Sa peau légèrement hâlée était pleine de petites imperfections si bien qu'Adam fût surpris de voir qu'elle ne le cachait pas comme la plupart des filles de son âge. Elle était toujours brune mais ses cheveux avaient poussé et n'étaient ni bouclés ni lisses. Cette Anna-là ressemblait à la Anna de ses souvenirs. Sauf qu'elle n'était pas seule. Un garçon de son âge l'accompagnait. Même si Adam était depuis toujours hétéro, il fut frappé par sa beauté. Contrairement à la jeune fille, il avait une peau mate parfaite. Des cheveux courts bruns accompagnaient son visage et une chaîne pendait à son cou. Il avait les yeux couleur caramel et une dentition parfaite. Adam se demanda peut-être pour la première fois de sa vie si lui-même était beau ou plutôt s'il avait l'air beau. Au fond ça n'avait pas d'importance. Ce n'est pas comme s'il cherchait à plaire à qui que ce soit. Contrairement à la personne qui accompagnait Anna. Cela sautait aux yeux qu'il voulait plaire à la jeune fille. Son attitude le trahissait. Adam n'entendait pas la conversation de là où il était, il les voyait simplement. Ils étaient sur le pas de la porte, à l'extérieur. Adam était ravi qu'ils n'aient pas franchi le seuil de la maison sinon il n'aurait pas pu les observer. Les deux jeunes gens n'avaient pas l'air amis et encore moins en couple. Anna avait hâte qu'il s'en aille, c'était flagrant. Elle ne cessait de regarder sa montre et la porte de chez elle. Mais qui était ce jeune homme et que lui voulait-il ? Soudain, la porte d'entrée s'ouvrit et le père d'Anna apparut. Adam n'entendit pas ce qu'il dit mais Anna rentra avec lui tandis que le jeune homme partit. Tous les habitants de Fleurabeau ou presque connaissaient ce jeune homme. Dans ce petit village, il était presque célèbre. Jordan Stanford. Sa mère était avocate et son père était le meilleur chirurgien de toute la région. Mais Adam n'en avait aucune idée, c'est pourquoi il décida de le suivre.

Chapitre 3

Il habitait une maison qui sortait de l'ordinaire. C'était une grande maison cubique blanche et grise, avec de grandes baies vitrées du genre maison d'architecte. Tous les volets étaient fermés mais Adam n'avait pas besoin de voir l'intérieur pour comprendre que ce mec était très riche. Dès qu'il le put, il alla voir le nom sur la boîte aux lettres. Stanford. Adam se promit de faire des recherches dessus. Sur internet bien sûr et puis sur les réseaux sociaux. Comme tout jeune de son âge, Adam avait un compte Instagram dans lequel il se prénommait Léo. Il s'était bien évidemment inspiré du fils de M. Bingley parce qu'il voulait rester dans l'anonymat. C'était plus facile pour espionner les gens. Il n'avait aucune photo de profil et aucune photo tout court d'ailleurs mais il aimait bien surfer sur l'application pour espionner la vie de ses camarades de classe.

Enfin, avant. Quand il allait à l'université, quand sa mère était encore là, quand sa vie était à peu près normale. Maintenant, il n'avait même plus de wifi pour se connecter à internet au château mais il savait où en trouver. Demain, il reprendrait ses vieilles habitudes d'espionnage. Il commencerait par un nom qu'il connaissait depuis sa plus tendre enfance : Anna Stone.

Heureusement pour lui, Anna avait un profil public, il pouvait donc voir tous ses posts. Malheureusement, elle était très peu active. Il n'y avait que trois photos. L'une où on la voyait devant une pizza avec son père à ses côtés. Il n'y avait aucune description et aucun commentaire. L'autre montrait les pages d'un roman ouvert dont on ne voyait pas le titre. Et la dernière, la plus récente, était une photo d'une photo papier sur laquelle on voyait un couple amoureux lors d'un bal au lycée. En description, il y avait juste un cœur. Adam devina qu'il s'agissait des parents de la jeune fille. La mère d'Anna lui ressemblait tellement si ce n'est qu'elle ne portait pas de lunette. Adam se rappela qu'elle était morte. Il ne savait pas quand exactement mais cela remontait au moins à plus de dix ans. Est-ce que sa mort avait été plus facile pour la jeune fille ? Parce qu'elle l'avait à peine connu ? Ou au contraire était-ce plus dur encore parce qu'elle avait grandi sans ? Lui aussi avait grandi avec un seul parent. Son père n'avait jamais été présent. Il était parti avant sa naissance. Lise avait expliqué à son fils que l'homme ne voulait pas d'enfant. Elle avait été claire sur le fait que ça n'avait aucun rapport avec Adam lui-même. Alors il avait décidé qu'il ne voulait pas de père, enfin pas de lui. Si sa mère n'avait pas retrouvé quelqu'un après, ça n'aurait pas gêné Adam d'avoir un beau-père. Peut-être même qu'il l'aurait appelé papa. Anna n'avait pas de belle-mère non plus. Elle n'avait que son père, et elle en était très proche.

Si Adam le savait c'est parce qu'il avait espionné la jeune fille dans la vie. C'était devenu sa nouvelle obsession. Il la suivait partout, tout le temps. Sa vie était très simple. Quand elle n'était pas au lycée, elle était chez elle. Le samedi, elle travaillait dans une bibliothèque. Elle avait donc 18 ans. Adam avait seulement trois ans de plus. Tous les samedis, il se rendait à la bibliothèque pour observer Anna. Il se cachait derrière un livre qu'il choisissait avec soin. Il prenait toujours des livres qu'il avait déjà lus juste au cas où quelqu'un l'aborderait. Mais évidemment il ne lisait pas. Anna, elle, lisait vraiment. Chaque semaine, elle sortait un nouveau livre de son sac à main. Mais jamais, il ne parvenait à lire le titre parce qu'il se mettait assez loin d'elle pour ne pas qu'elle le remarque. Il avait envisagé de l'aborder, peut-être qu'il redeviendrait son ami comme avant et que sa vie aurait de nouveau un sens. Il ne serait plus seul. Il ignorait à quel moment exactement, il avait commencé à ne plus aimer la solitude mais maintenant il était sûr d'une chose, il voulait s'en débarrasser. Bien sûr, il pourrait renouer avec son ancien camarade d'université, Quentin Rute. Ils n'étaient pas vraiment amis, ils ne s'étaient jamais vus en dehors de l'université. Mais ils avaient travaillé ensemble, plusieurs fois. Sauf que Quentin connaissait le Adam qui avait encore sa mère et non celui qui l'avait perdu. Il aurait beaucoup trop de questions… Il lui fallait Anna. Elle, elle ne le connaissait pas, pas vraiment. En fait, elle ne devait avoir aucun souvenir de leur amitié passée. Après tout, elle avait seulement cinq ans. C'était fort probable qu'elle l'ait oublié. Ce qui veut dire qu'elle ignorait tout de ce qu'il était devenu. Anna, c'était sa seconde chance. Celle qui lui permettrait d'effacer tout, de repartir à zéro. De retrouver son âme d'enfant, cette innocence perdue, sa bonté. C'était presque douloureux de réaliser, après avoir chassé tout le monde, qu'il avait besoin d'aide. Il avait besoin d'Anna Stone pour qu'elle l'aide à redevenir ce petit garçon innocent et joyeux qu'il était à l'époque où il la fréquentait. Elle serait capable de le comprendre parce qu'elle aussi avait perdu sa mère.

Mais Adam ne pouvait pas aborder la jeune femme. Pas ici. Pas dans son monde. Elle n'était pas aussi seule que lui. C'est vrai qu'elle n'avait pas d'amis, pas d'amoureux mais elle avait son père. Et ça lui semblait lui suffire. Pour l'instant. Mais Adam était bien placé pour savoir que l'affection d'un parent ne suffisait plus à un certain âge. Quand il était enfant, sa mère était son tout. Avec elle à ses côtés, il s'en fichait d'avoir ni père, ni frère, ni sœur, ni ami. Puis il avait grandi, et ils s'étaient éloignés. Elle avait cessé d'être tout son monde. Il y avait eu les livres, le violon, les cours, les profs, les autres, M. Bingley… Mais Anna en dehors de son père n'avait rien ni personne. Elle était seule la plupart du temps. La solitude n'est appréciable que lorsqu'elle est choisie. Adam n'était pas sûr que la jeune fille avait choisi d'être seule.

La seule personne qu'elle fréquentait en dehors de son père, c'était Jordan Stanford. L'espionnage dans la vraie vie, et sur les réseaux sociaux lui avait appris que c'était un peu le golden-boy de Fleurabeau. Si Anna était peu active sur Instagram, ce n'était pas le cas de Jordan. Il avait énormément de posts depuis qu'il avait ouvert son compte au collège. Il y avait de tout, des photos de ses amies, de foot, de repas et de lui bien sûr, aussi bien seul qu'accompagné. On pouvait retracer toute sa vie sur Instagram. Adam avait appris qu'il était riche, fils unique, joueur de foot le mercredi à Courcité, premier de la classe et populaire. Le mec parfait. C'était l'ami de tout le monde. Adam avait vu presque l'intégralité de la classe de terminal d'Anna sur les photos de Jordan. Elle, elle n'apparaissait pas. Ni dans les photos de Jordan ni dans celles de ses amies.

L'espionnage intensif d'Adam lui avait permis d'apprendre qu'ils n'avaient jamais été plus que des camarades de classe. Même le mot ami était trop fort pour décrire leur relation. Des amis, Jordan Stanford en avait des tonnes sur les réseaux sociaux mais Anna n'en faisait pas partie. En fait, si l'on ne les connaissait pas dans la vraie vie, on pouvait croire qu'eux-mêmes ne se connaissaient pas. Ce qui était loin de la vérité.

Elle le voyait chaque mardi à 15h30 dans la bibliothèque où elle travaillait dans des séances de travail. Ils effectuaient ensemble un travail de groupe en littérature. Bien évidemment, Adam les espionnait mais de loin comme d'habitude. Une fois, il avait entendu leur conversation. Jordan l'avait invitée chez lui pour une soirée nommée "la soirée du siècle" et Anna avait refusé sans excuse. Jordan avait paru légèrement déçu mais très vite il avait enchaîné sur autre chose.

Adam ne comprenait pas exactement la nature de leur relation. Anna, clairement, ne l'aimait pas alors pourquoi elle faisait un exposé avec lui ? Peut-être qu'elle n'avait pas eu le choix. Il l'ignorait parce qu'il n'avait pas pu mettre un pied dans son lycée. Il ne savait absolument pas quel genre d'élève elle était. Enfin il avait bien sa petite idée vu le temps qu'elle passait à la bibliothèque.

Adam en avait marre d'espionner la jeune fille, il voulait passer à l'étape supérieure.

***

Le jeune homme se réveilla dans la chambre de sa mère le sourire aux lèvres. Des semaines après sa disparition, il venait passer la nuit là quand la douleur de son absence était trop forte. C'était réconfortant parce que son odeur s'y trouvait encore. Elle était partie depuis longtemps, mais Adam aimait parfois dormir dans son lit. Se faisant, il se sentait plus proche de sa mère. Et puis aujourd'hui, ce n'était pas n'importe quel jour ! Aujourd'hui sa vie allait changer pour le meilleur. Il ne serait plus le seul habitant du château. Adam était à la fois excité et nerveux comme s'il s'apprêtait à sauter en parachute. Une fois son plan mis à exécution, il n'y avait plus aucun retour en arrière possible. Il en était conscient, et pour cette raison il avait tout prévu. Il lui avait préparé une partie du château qui lui appartiendrait, avec une grande chambre et tout le nécessaire. Il avait rempli la cuisine de provision pour deux personnes. Il était prêt.

Ce soir, la jeune fille ira voir une pièce de théâtre avec toute sa classe qui devrait finir aux alentours de minuit. Et comme le petit théâtre de Fleurabeau se trouve tout près de chez elle, il était évident qu'elle rentrerait à pied. Son père Jacques sera trop occupé à travailler dans son petit restaurant pour venir la chercher. Elle sera donc seule et vulnérable pendant sept minutes. Cela suffisait à Adam pour agir. Mais son plan n'était pas parfait, il y avait une petite faille. Quelqu'un pouvait proposer de la raccompagner et Adam serait obligé de repousser son plan. Mais la probabilité que cela arrive, en prenant en compte le fait que la jeune fille était de nature solitaire, était tellement faible qu'elle n'effrayait pas Adam. Il était nerveux parce qu'il craignait d'échouer. Il avait peur de ne pas oser sortir de l'ombre. Peur d'être obligé de lui faire du mal parce qu'elle ne lui laisserait pas le choix. Peur que quelqu'un les voit. C'était un plan dangereux en cas d'échec mais Adam croyait fortement qu'il serait salvateur en cas de réussite.

Cette nuit-là, il s'endormit dans son propre lit et l'idée qu'Anna Stone était aussi endormie dans une autre pièce du château l'aida à trouver le sommeil.

Chapitre 4

Anna Stone se réveilla, quelques heures plus tard, dans un grand lit rond. Ce n'était pas son lit. Ce n'était pas sa chambre. Elle réprima une soudaine envie de vomir, et ferma les yeux un instant. Il fallait qu'elle se remémore ce qui s'était passé la veille parce qu'elle n'avait absolument aucune idée d'où elle était. Elle se souvenait être allée voir une pièce de théâtre avec toute sa classe de littérature. Elle était arrivée un peu en avance comme à son habitude alors elle avait sorti sa lecture en cours de son sac, *L'attrape-coeurs* de Salinger. Elle avait eu le temps de lire une quinzaine de pages avant que la majorité de sa classe arrive avec Madame Overnie, sa prof de littérature. Ensuite ils s'étaient tous assis dans le théâtre. Elle s'était retrouvée entre Madame Overnie et un vieil homme.

Puis la pièce avait commencé. Anna ne s'en souvenait presque pas tellement elle n'y avait pas prêté attention. C'était ennuyant à mourir et elle ne cessait de repenser à sa lecture. La pièce avait duré longtemps, trop longtemps mais Anna avait tenu bon. Puis c'était fini, et Anna avait voulu rapidement rentrer chez elle en évitant toute discussion. Alors elle s'était engouffrée dans une petite ruelle sombre. Le type de ruelle qu'on évite la nuit quand on est seule. Mais Anna n'habitait pas loin, et elle était trop fatiguée pour avoir peur. Trop fatiguée pour remarquer que quelqu'un la suivait. Puis on l'avait violemment frappé à la tête et elle avait perdu connaissance. Avant de se réveiller ici. Anna comprit avec effroi qu'elle avait été enlevée. Son premier réflexe fut de vérifier qu'elle portait toujours les mêmes vêtements que la veille. C'était le cas. Soulagée, elle sortit du lit et se rua vers la porte. C'était en fait une double porte et elle était fermée à clé. Malgré la situation, si elle voulait s'en sortir, elle ne devait pas céder à la panique. Elle prit de lentes inspirations avant de souffler comme si elle faisait de la méditation. Une fois calmée, elle inspecta la pièce. C'était une grande chambre avec un lit rond géant au centre de la pièce. Le lit dans lequel elle s'était réveillée. Il y avait également une coiffeuse avec un grand miroir. Et une grande fenêtre qui ne s'ouvrait pas. Mais la vue était remarquable. Elle donnait sur des jardins et une forêt un peu plus loin. Anna n'était plus à Fleurabeau. Elle essaya de deviner combien de temps s'était écoulé entre le moment où on l'avait assommé et celui où elle s'était réveillée. Elle n'avait pas de montre et le soleil apparaissait à peine à l'horizon. Il devait être aux alentours de cinq heures du matin. Elle continua d'observer la chambre et découvrit une salle de bains avec une douche et des toilettes dans un coin de la pièce. Seule une paroi en verre teinté séparait ce coin du reste de la chambre. Anna fouilla les tiroirs de la coiffeuse mais trouva seulement une brosse, du dentifrice et une brosse à dents. Rien qui l'aidera à s'enfuir. Maintenant elle pouvait tout à fait céder à la panique. Elle alla devant les portes pour taper dessus, et hurler mais rien ne se passa. Elle était seule. Elle finit par s'allonger de nouveau dans le lit rond pour pleurer tout son désespoir. Très vite, la jeune fille retrouva les bras de Morphée. Un coup à la porte la réveilla. Pensant que quelqu'un allait entrer, elle n'osa pas bouger. Pour la première fois de sa vie, Anna Stone avait réellement peur. Mais personne n'entra. Une lettre fut glissée sous la porte. La jeune fille attendit un peu pour la prendre et la lire. Elle s'installa à même le sol.

"Ma belle,
Tu dois sûrement être effrayé mais tu ne dois pas avoir peur. Je ne te ferais aucun mal. En fait, j'espère que tu te plairas ici. C'est un château qui appartient à ma famille. Mais elle n'est pas là. Il n'y a que toi et moi. Je cuisinerai pour nous deux et on dînera ensemble ce soir. Je viendrais te chercher. En attendant, repose-toi ma douce. J'ai hâte de dîner avec toi.
Avec amour,
Adam."

En lisant cette lettre, Anna sentit son cœur battre à cent à l'heure. Effrayée ne décrivait absolument pas l'état dans lequel elle se sentait. Bien sûr qu'elle avait peur. Elle ignorait où elle était, avec qui et pourquoi. Et lui dire de ne pas avoir peur avait l'effet inverse. C'était comme entendre ne stresse pas, ou calme-toi, ça ne marchait pas du tout. C'était encore pire ! Anna était émotive, sensible, et même si elle travaillait dessus elle était loin de contrôler ses émotions. Un château ? Anna fouilla dans son esprit à la recherche d'un château près de chez elle en vain. Bien qu'elle n'ait rien avalé depuis des heures, elle n'avait pas faim du tout. Elle avait plus envie de vomir à vrai dire. Le fait de savoir le nom de son ravisseur l'effrayait encore plus. Pourquoi avait-il signé la lettre ? Était-elle censée reconnaître ce nom ? Anna ne connaissait aucun Adam, elle en était sûre. Et elle ne ressentait aucune envie de faire sa connaissance ni ce soir, ni jamais. Elle décida qu'elle n'irait pas dîner avec lui. Comme elle redoutait qu'Adam entre dans la pièce, elle poussa le lit rond contre la porte. Mais cela ne la rassura pas finalement parce qu'elle était pleinement consciente que si elle avait réussi à déplacer le lit, Adam y parviendrait aussi.

***

— Le dîner est prêt, entendit-elle derrière la porte.
Il n'était pas entré, il avait toqué poliment comme si c'était lui qui avait peur. Anna ne répondit rien. C'est à peine si elle respirait.
— Tout va bien ? s'inquiéta Adam.
— Oui. Non. Tout ne va pas bien du tout, répondit Anna qui était désormais plus en colère qu'effrayée. Elle ria d'un rire qui ne lui ressemblait absolument pas et s'en étonna elle-même.
— Cela fait dix-huit heures que tu n'as rien avalé. Tu dois avoir faim. J'ai préparé des tagliatelles au saumon…

— Je n'ai pas faim et je ne mangerai pas avec toi ! dit-elle d'une voix pleine d'assurance alors qu'en réalité tout son corps tremblait.

Elle entendit Adam râler pour lui-même. Il ne parlait pas assez fort pour qu'elle puisse comprendre le sens de ses propos mais Anna comprit tout de même qu'il était énervé. Contre elle ou contre lui-même, ça, elle l'ignorait. Elle fut soulagée de l'entendre partir après avoir donné deux trois coups rageurs contre la porte. Il n'avait pas essayé de l'ouvrir cela dit. Elle avait gagné le premier round mais elle ne se sentait pas victorieuse pour autant. Elle se sentait seule. Après avoir remis le lit en place et être rentrée dans les draps, elle eut une pensée pour son père. Avait-il déjà alerté la police ? Quelle avait été sa réaction lorsqu'il ne l'avait pas vu dans sa chambre ? Cela faisait moins de vingt-quatre heures qu'elle avait été enlevée. Est-ce que cela était suffisant pour que la police commence à enquêter sérieusement ? Elle avait déjà dix-huit ans, est-ce qu'on lançait une enquête de disparition pour une personne majeure ?

Elle se sentait bête d'avoir refusé la proposition de Jordan hier en début de soirée. Quand elle lui avait dit qu'elle rentrerait chez elle seule, il lui avait répondu qu'il pourrait la raccompagner. Il avait même affirmé qu'une jeune et jolie fille comme elle n'était pas en sécurité seule dans la rue en plein milieu de la nuit. Anna lui avait franchement ri au nez. On était à Fleurabeau, une petite commune dans laquelle il ne se passait absolument rien. Elle avait interprété ses paroles comme si, preux chevalier qu'il était, il offrait ses services à une jeune demoiselle en détresse. Mais elle n'était pas une demoiselle en détresse et surtout lui n'était pas un preux chevalier. Jordan Stanford n'était pas et n'avait jamais été son ami. Certes, il avait toujours été dans sa classe, aussi loin qu'elle se souvienne, mais elle ne l'avait jamais apprécié. Depuis le collège, les professeurs qui aimaient positionner leurs élèves par ordre alphabétique avaient placé Anna à côté de Jordan à plusieurs reprises. Leur seul point commun était qu'ils étaient de bons élèves. Jordan était premier de la classe et Anna travaillait assez sérieusement pour rivaliser avec lui. Mais la compétition scolaire ne l'intéressait pas. Si la jeune fille aspirait à être bonne, Jordan Stanford, lui, voulait être le meilleur et ce dans tous les domaines. Et il y parvenait. De ce fait, il était aimé de tous, à Fleurabeau et surtout au lycée. Il était aussi populaire que le héros d'un film niaiseux pour adolescent. Mais contrairement à ce personnage, il était célibataire. Et depuis deux ans, la seule qui l'intéressait était Anna. Pourquoi ? Elle s'était posé la question plusieurs fois parce qu'elle n'avait absolument rien fait pour attirer son attention. "Parce que tu es différente", lui avait-il répondu une fois après qu'elle ait osé lui poser la question. Puis il avait mis fin à la conversation sans en dire plus. Depuis, Anna lui avait clairement dit qu'elle n'était pas du tout intéressée par lui, qu'il était juste prétentieux et arrogant. Elle lui avait même dit qu'elle voyait en lui au-delà de son apparence parfaite, l'enfant peureux qu'il était. C'était dur comme remarque mais c'était dans le but qu'il la laisse tranquille. Hélas, il était revenu à la charge après l'avoir ignoré pendant une semaine, comme si rien ne s'était passé. Mais hier soir, quand elle avait refusé sa proposition, il n'avait pas insisté. Anna se demanda, s'il s'en voulait maintenant pour ça. Elle, en tout cas, s'en voulait de ne pas avoir dit oui.

***

Anna se réveilla avec son ventre qui gargouillait. Pendant une seconde, elle avait oublié où elle était. Elle alla dans le petit coin salle de bains pour se rafraîchir le visage, faire pipi et songer à une manière de s'enfuir de cet endroit. Mais d'abord, elle devait manger. Le ventre plein, ce serait plus facile de réfléchir. Quand elle retourna près du lit, elle fut surprise d'y voir un plateau-repas avec une nouvelle lettre. Il y avait également une grosse boîte avec un ruban rouge. Comment avait-elle fait pour ne pas la remarquer tout de suite ? Adam était entré dans la pièce pendant qu'elle dormait pour les déposer. Cette pensée lui glaçait le sang. La jeune fille avait passé la pire nuit de sa vie. Elle avait fait des cauchemars terribles, ce qui n'était pas arrivé depuis longtemps. Mais se réveiller pour constater qu'elle vivait réellement un cauchemar était encore pire. Au moins les cauchemars n'étaient pas réels. Et ils prenaient fin au réveil. Cette fois, c'était uniquement à elle de trouver un moyen de s'échapper. Sa liberté, sa vie peut-être même, était entre ses mains.

Anna avait l'impression d'être dans un de ses livres. Et ce n'était pas un conte de fées, c'était un thriller. On était loin des feel good légers qu'elle aimait lire. Mais elle espérait que son histoire se terminerait bien. Elle allait tout faire pour. La première étape c'était de se nourrir. Elle regarda le plateau-repas avec curiosité. Il y avait deux croissants, un grand verre de jus d'orange, une assiette d'œufs brouillés avec du bacon, une banane et des tartines de pain beurre. Un petit-déjeuner copieux. Anna n'avait pas l'habitude de vraiment déjeuner. Elle avalait rapidement une tasse de thé et c'était tout. Mais là, elle avait faim. Elle mangea presque tout, laissant seulement la banane de côté. Elle n'aimait pas ce fruit. Après avoir mangé, elle s'intéressa à la lettre. Anna s'empressa d'ouvrir l'enveloppe. La lettre était rédigée à la main d'une jolie écriture. Mais le contenu l'intéressant beaucoup plus, elle le remarqua à peine.

"Ma belle,
Je me suis un peu emporté, je m'excuse.
Je suppose qu'il te faut un peu de temps pour te faire à cette nouvelle vie, alors je te l'offre. Je reviendrai vers toi lorsque tu seras prête. N'aie pas peur, tout ira bien. Tu es en sécurité avec moi, n'en doute pas ! J'espère te revoir très vite, ma douce.
Avec amour,
Adam."

Anna ne savait absolument pas quoi penser de cette seconde lettre. Adam n'avait pas l'air en colère par rapport à ce qui s'était passé la veille. Il avait presque l'air gentil, compréhensif, tolérant comme si c'était elle qui était en tort dans l'histoire alors que c'était lui qui l'avait enlevé avant de la séquestrer ici. Adam semblait ne pas vivre dans le monde réel. Il était fou, et elle ne se sentait pas en sécurité. Elle se sentait piégée. Elle déchira la lettre en petits morceaux avant de les jeter dans les toilettes et de tirer la chasse. Elle n'avait pas ouvert la boîte au ruban rouge. Elle avait peur de ce qu'elle pourrait y trouver. Mais après avoir respiré un bon coup, elle souleva le couvercle et découvrit une robe de bal jaune pâle. Elle la sortit de la boîte et l'observa avec attention. C'était une robe de bal assez simple pour une robe de bal. Elle avait de fines bretelles et descendait jusqu'aux pieds. La jupe était en tulle et l'ensemble était parsemé de fleurs blanches en dentelle. Elle était jolie et semblait être à la taille d'Anna. Sans trop réfléchir, elle l'enfila et regretta l'absence de miroir dans la pièce. Pendant un instant, elle avait oublié où elle était. Mais elle retrouva vite ses esprits. Deux choix s'offraient à elle : soit elle continuait de se morfondre sur son sort, soit elle trouvait un moyen de s'échapper. La première étape pour envisager de fuir était de savoir où elle était. Elle savait qu'elle était dans un château, le château d'Adam plus précisément. Mais qui était-il ? Et que lui voulait-il ? Rester enfermé ici ne lui permettait pas d'obtenir des informations. Elle n'avait pas vérifié la porte depuis son réveil alors sans trop d'espoir elle alla tourner la poignée. Et dans un petit clic, la porte s'ouvrit.

Chapitre 5

Anna n'hésita pas une seconde avant de sortir de la pièce. Elle trouva étrange de trouver une porte déverrouillée. Était-ce un oubli de la part d'Adam ? Ou c'était volontaire ? Anna l'ignorait mais là tout de suite cela n'avait aucune importance. Le couloir était vide, et semblait inhabité voire abandonné. Les murs étaient nus, blanc crème, sans aucune décoration. Il y avait d'autres portes dans le couloir mais elle n'essaya même pas de les ouvrir. C'était la sortie qu'elle cherchait. Le bout du couloir donnait sur un grand escalier. Elle descendit les marches prudemment. Ce n'était pas évident de le faire avec une robe de bal, elle devait la soulever légèrement pour être sûre de ne pas s'emmêler les pieds dedans. L'avantage avec cette robe c'est qu'elle se sentait comme une princesse. Arrivée en bas, elle constata que sa chambre se situait au dernier étage, elle n'avait donc pas fini de descendre les escaliers. Il lui fallut bien dix minutes pour arriver au rez-de-chaussée. Elle tomba directement sur un grand salon qu'elle traversa pour rejoindre l'entrée. C'était une belle entrée bien qu'elle manquait de décoration. La porte était en bois massif, imposante, et elle avait quelque chose d'effrayant comme si ce qu'elle cachait était terrifiant. Sauf qu'Anna était déjà à l'intérieur. Même si elle n'y croyait pas, elle tourna la poignée. Elle ne fut pas surprise de découvrir qu'elle était verrouillée. Anna n'était plus enfermée dans sa chambre mais elle restait prisonnière. Elle décida de partir en exploration à l'intérieur du château. Elle aurait aimé avoir du papier et un stylo pour dessiner vulgairement un plan histoire de s'y retrouver plus tard. Mais elle n'avait rien sous la main. Tant pis. Elle marcha un peu au hasard au rez-de-chaussée et se retrouva dans une cuisine. C'était une grande pièce, belle et lumineuse. Anna fut surprise de découvrir une cuisine moderne, avec un tas d'appareils électroménagers. Il y avait une bouilloire, une cafetière, une machine à café, un grille-pain, un mixeur et un robot pâtissier posé sur un plan de travail. Était-ce Adam qui cuisinait ? C'était propre, rangé, et ça donnait même envie de préparer un petit plat. Malheureusement, Anna ne cuisinait jamais. Ce n'était pas vraiment qu'elle n'aimait pas ça mais la cuisine était une passion de son père. Et plus qu'une passion, c'était son métier. Jacques était cuisinier dans son propre restaurant. C'était son rêve avant même qu'Amanda, la mère d'Anna tombe enceinte. Quand Anna avait cinq ans, son père avait ouvert son restaurant : La Bonne Table. C'était un petit restaurant, chaleureux, pas très cher et plutôt reconnu à Fleurabeau. Tout le monde, Anna y compris, aimait la cuisine de Jacques. Alors elle ne mettait que très rarement les pieds dans sa cuisine.

En marchant au hasard, sans monter à l'étage, elle tomba sur une salle de musique. Au centre de la pièce se trouvait un grand piano à queue. Pas loin, il y avait un fauteuil qui semblait être là depuis des années. Au mur, un cadre photo montrait le portrait d'une belle femme âgé. C'était la seule décoration de la pièce. On aurait dit que celle-ci n'appartenait pas à la même demeure que la cuisine. Cette salle de musique était sombre, triste, et avait l'air abandonnée. Anna ne savait pas vraiment jouer du piano, mais elle ne put s'empêcher de l'ouvrir et d'effleurer les touches. Elle avait appris plus jeune à jouer la mélodie d'Au claire de la lune, elle n'était pas complètement sûre de s'en souvenir mais assise au piano, elle avait envie d'essayer. Elle ferma les yeux avant de se rappeler brusquement qu'elle ne savait pas jouer les yeux fermés. Juste avec l'index, elle entama la mélodie d'abord lentement puis essaya de la jouer plus rapidement. Le son était fort, trop fort. Elle avait peur d'être entendue alors elle s'arrêta. Redoutant de voir Adam, elle voulut rejoindre sa chambre rapidement et monta au dernier étage. Finalement, elle se rendit compte qu'elle ignorait où était sa chambre. Elle s'immobilisa une seconde et écouta. Le couloir était silencieux, on n'entendait pas le moindre bruit. Soulagée, Anna décida de continuer son exploration. Elle fut intriguée par une pièce au bout du couloir, avec une forte luminosité. C'était une bibliothèque. La pièce était remplie de livres qui traînaient un peu partout sur des étagères mais aussi à même le sol. Il y avait un grand tapis et des coussins par terre. La pièce respirait la chaleur et l'amour. Anna était tellement émerveillée qu'elle mit du temps avant de s'apercevoir qu'Adam était présent. Allongé sur le tapis dans un coin de la pièce, il lisait un livre. Comme Anna était silencieuse, il ne la remarqua pas non plus. En fait, Adam était plongé dans sa lecture. De là où elle était, elle ne pouvait pas lire le titre du livre alors elle en profita pour observer son ravisseur. Elle fut surprise de voir que c'était un jeune homme, il ne devait pas avoir plus de 23 ans. Elle s'attendait à se retrouver en face d'un homme d'âge mûr. Ensuite, elle remarqua tout de suite qu'il était beau. Non, pas beau, ce n'était pas le mot qui convenait. Il avait du charme. Le fait qu'il soit dans une position semi-assise en train de lire le rendait charmant. Il n'avait pas l'allure d'un intello, bien coiffé, lunettes et chemise à carreaux. Il ne ressemblait pas non plus au brun ténébreux avec sa veste en cuir. Non, Adam était blond châtain, il ne portait pas de lunette ni de chemise à carreaux ou de veste en cuir. Il était simplement habillé d'un tee-shirt au col V et d'un jean bleu brut. Il avait l'air gentil, presque doux, rien à voir avec celui qu'elle avait entendu la veille. Mais il ignorait toujours qu'elle était là. Anna était consciente d'avoir accès à un moment privilégié et rare. Elle ne savait que faire. Si jamais elle bougeait, il sentirait sa présence mais elle ne pouvait rester là indéfiniment à l'observer en douce.

C'est alors qu'Adam leva les yeux sur elle, l'air surpris. Ses yeux sombres tiraient vers le noir, et ses cils étaient assez longs, ce qui déconcerta Anna.

— Je ne t'avais pas entendu arriver, ma belle.

Anna ne savait pas quoi dire. En fait, elle ne savait absolument pas quoi faire. Elle se demandait même intérieurement si ce jeune homme était bien Adam mais elle n'osait pas le lui demander. Comme elle restait muette, il ajouta :

— La robe te va bien. Elle appartenait à ma mère. Je crois que c'est la robe qu'elle a portée à son bal de fin d'année en terminal. J'avais peur qu'elle ne soit pas à ta taille, mais elle te va très bien.

La langue de la jeune fille était figée dans sa bouche, c'est comme si elle avait oublié comment parler.

—Anna ? Tout va bien ?

L'usage de son prénom la sortit de sa torpeur.

— Comment tu sais comment je m'appelle ? elle demanda.

— Allons, tu ne me reconnais pas ? Tu sais quoi ? Ce n'est pas grave ! On va reprendre depuis le début ! Je m'appelle Adam, et je suis désolé pour mon comportement d'hier soir. J'ai perdu l'habitude d'être avec des gens.

Tout en parlant, Adam se leva et referma son livre. *Le petit prince* de Saint-Exupéry. Il se rapprocha d'Anna, lui sourit et lui tendit la main. Anna ne la prit pas, elle ne comprenait absolument pas les paroles d'Adam. Est-ce qu'ils s'étaient déjà rencontrés ? Elle ne s'en souvenait pas. Il retira sa main, l'air de rien et ajouta comme si elle était venue lui rendre visite :

— Tu veux peut-être visiter le château ? Allez viens, c'est ton jour de chance !

Anna n'avait pas spécialement envie de visiter le château avec Adam. Elle voulait surtout savoir pourquoi elle était là. Pourquoi la retenait-il prisonnière ? Qu'est-ce qu'il attendait d'elle ? Elle n'était pas prête à suivre Adam. Elle voulait des réponses. Quand Adam vit que la jeune fille n'avait pas quitté la bibliothèque, il revint sur ses pas. Avant même qu'elle puisse s'exprimer, Adam le fit d'un ton un peu moins chaleureux :

— Écoute ma belle, je n'ai pas envie d'être méchant avec toi et de te laisser enfermée dans ta chambre. Mais si tu refuses d'être agréable, gentille, et de faire ce qu'il faut pour que notre cohabitation se passe bien, tu ne me laisseras pas d'autre choix que de t'enfermer à nouveau. C'est à toi de voir.

Après avoir laissé Anna dans la bibliothèque, Adam alla dans sa chambre pour récupérer les clés du château. Il avait besoin de sortir prendre l'air. Il pensa à bien verrouiller la porte derrière lui. Il voulait qu'Anna soit libre de circuler dans le château, pas qu'elle s'échappe. Sans réellement savoir pourquoi, Adam était énervé. Il était sorti pour éviter de dire à Anna des choses qu'il regretterait plus tard. C'était un peu sa spécialité. Il n'avait jamais appris à gérer sa colère. Quand il était petit, sa mère lui lisait un album qui s'appelait Grosse colère ou quelque chose comme ça. C'était l'histoire d'un petit garçon qui s'énervait pour une raison ou pour une autre et sa colère prenait la forme d'un monstre. Un monstre qui cassait plein d'objets et mettait le désordre dans la chambre du petit garçon. Le problème c'est qu'Adam ne se sentait absolument pas comme l'enfant mais comme le monstre. La colère n'était pas sortie de lui, elle était devenue lui. Ou plutôt, il était devenu sa colère. Adam ne se rappelait pas comment le livre finissait, comment le petit garçon faisait fuir le monstre. Le jeune homme courait à présent pour chasser ses idées noires. Mais une de ses idées ne quittait pas son esprit. La Anna qu'il avait arrachée à sa vie n'était plus la Anna qu'il avait connue. Tout comme lui, elle avait changé. C'était une enfant joyeuse, vive d'esprit et absolument pas timide. Lorsqu'elle avait joué avec Adam pour la première fois, elle n'avait pas mis longtemps avant d'oser s'exprimer. La petite Anna savait ce qu'elle voulait, elle n'avait pas peur de le dire. Ce jour-là, elle voulait jouer à cache-cache même si elle ne connaissait ni Adam ni le domaine. Cette Anna-là semblait différente. Elle avait peur, il l'avait vu dès que ses yeux avaient croisé son regard. Et il s'était immédiatement détesté quand il l'avait remarqué. Il ne voulait pas, n'avait jamais voulu, inspirer la peur. Maintenant, elle devait sans doute se terrer dans sa chambre, effrayée. Il devait trouver un moyen de se faire pardonner. Il voulait qu'elle se sente en sécurité, qu'elle se sente chez elle parce qu'il n'avait aucune intention de la laisser rentrer. Il avait besoin d'elle pour se retrouver, pour retrouver le Adam qu'il était enfant à ses côtés. Il s'était perdu et avait le sentiment inexplicable qu'Anna était la clé pour retrouver le droit chemin. Elle était la belle qui lui ferait redevenir homme à nouveau, qui lui ferait redevenir lui à nouveau. Mais d'abord, il fallait qu'elle ait plus peur de lui. Il pouvait s'excuser mais ce n'était pas son truc. Il ne saurait même pas quoi dire. Sa propre mère ne lui avait jamais appris à présenter des excuses. Elle-même ne s'excusait pas. À la place, elle allait cuisiner le plat préféré d'Adam : les spaghetti à la bolognaise. Et comme elle ne cuisinait jamais, Anastasia était là pour ça, Adam comprenait que c'était une façon pour elle de dire je suis désolé. Alors ils mangeaient ensemble et Adam la pardonnait. Arrêtant de courir, et revenant doucement vers le château, il décida qu'il allait cuisiner pour Anna. Évidemment, il ignorait comment faire mais avec tous les robots de cuisine qu'il possédait, cela ne devrait pas être bien compliqué.

Chapitre 6

Après l'épisode de la bibliothèque, Anna était retournée dans sa chambre, avec un livre. Elle avait choisi Roméo et Juliette du célèbre William Shakespeare. Elle ne l'avait jamais lu et il faisait partie de sa liste de livres à lire avant de mourir. La plupart des gens faisaient une liste de choses à faire, elle, elle avait préféré dresser une liste de livres à lire. Elle y ajoutait des livres au fur et à mesure et pour l'instant n'avait jamais lu un de ces livres. Elle se disait qu'elle avait le temps mais depuis qu'elle était là, elle n'était plus sûre. Est-ce qu'elle allait passer son bac ? Est-ce qu'elle allait s'inscrire à l'université ? Est-ce qu'elle retrouverait une vie normale un jour ? Son avenir semblait flou. Et Anna ne ressentait aucune envie d'y penser maintenant, c'était pour cette raison qu'elle avait choisi un livre.

Pour lire, lire et oublier. Plonger dans l'histoire et tout oublier d'elle-même, devenir Juliette Capulet dans le Vérone du XIIIe siècle. Mais hélas, elle n'y arrivait pas. Elle restait Anna Stone dans un endroit inconnu après avoir été enlevée par un jeune homme qu'elle n'arrivait pas à cerner. Finalement elle décida de dormir. Après avoir pleuré un bon coup sur son sort, le sommeil ne tarda pas à arriver. Un coup à la porte la réveilla. Adam attendit qu'elle lui donne l'autorisation avant d'entrer. Il était étrangement poli et manifestement, il s'était calmé.

— J'ai pris l'initiative de cuisiner pour toi, enfin pour nous. Je me suis dit qu'un bon repas dans la salle à manger te ferait du bien. J'ai préparé des pâtes à la bolognaise... Attends, tu n'es pas végétarienne au moins ?

— Non, je ne suis pas végétarienne.

— Super, alors je t'attends en bas des escaliers !

Sur ces mots, Adam quitta la pièce. Anna hésita quelques secondes. Elle avait faim bien sûr mais était-ce une raison pour aller dîner avec lui ? Elle était loin de lui faire confiance et son comportement changeant n'aidait pas. Elle ne savait pas qui était le vrai Adam, celui qui lisait le petit prince, ou celui qu'il l'avait kidnappé en plein milieu de la nuit pour l'enfermer à double tour. Mais peu importe, parce qu'au final, elle n'allait pas vivre éternellement avec lui. Elle pouvait s'enfuir, elle se devait au moins d'essayer rien que pour son père qui devait être mort d'inquiétude. Et le meilleur moyen de s'échapper était d'en apprendre davantage sur le château, sa localisation et surtout d'être gentille avec Adam pour qu'il continue de l'être. Déterminée, elle descendit rapidement les escaliers.

— Je commençais à croire que tu ne viendrais pas… lui dit Adam dès qu'il l'a vu.
— Je n' étais pas sûre de vouloir dîner avec toi.
— Qu'est ce qui t'a fait changer d'avis ?
Anna hésita quelques secondes.
— J'avais faim, finit-elle par admettre.
Adam n'était pas convaincu par sa réponse mais il n'ajouta rien. Il ne voulait pas gâcher ce moment, il avait l'impression qu'elle s'ouvrait enfin. Anna profita du silence pour observer le château. Ils traversaient couloirs et pièces sans intérêt. Enfin ils s'arrêtèrent dans la salle à manger. C'était une grande pièce et ça se voyait qu'elle n'était pas souvent utilisée. La grande table qui ornait la pièce était propre mais le reste, le tapis en dessous et le buffet contre un mur étaient poussiéreux. Dessus, il y avait deux trois éléments de décoration : un chandelier, une horloge et une photo dans un cadre qui était retourné. Anna éprouvait une furieuse envie

de toucher à ces objets et de retourner le cadre photo mais elle se retint et alla s'asseoir en face d'Adam, c'est-à-dire, en bout de table. Le couvert était mis, et le repas servi directement dans l'assiette. La vaisselle était en porcelaine, et plutôt belle. Les verres déjà remplis d'eau semblaient être en cristal. Tout était raffiné excepté le plat qui n'avait rien de gastronomique. On aurait dit qu'il avait été préparé par un enfant de douze ans. À cet instant, elle pensa à son père et son cœur se serra. Puis, Anna vit le couteau qui reposait à côté de l'assiette et s'imagina le prendre pour poignarder Adam dans la poitrine. Cette vision la dégoûta. Jamais elle ne pourrait le tuer ou même essayer. Tant qu'il ne mettait pas sa vie en danger, elle n'aurait pas cette force. De toute façon, ce soir, elle se contenterait de dîner simplement et d'en apprendre plus sur son ravisseur. Ça, elle pouvait le faire sans soucis, d'autant plus qu'elle avait très faim.

— Alors, comment trouves-tu ce repas ? demanda Adam rompant ainsi le silence qui s'était installé pendant qu'ils mangeaient.

Franchement ce n'était pas dégoûtant mais comparé à la cuisine de son père, c'était loin d'être délicieux. Mais Anna était bien élevée alors elle répondit à la question par une autre.

— Tu cuisines souvent ? demanda la jeune fille.

— Pas vraiment. Avant...

Adam marqua une pause. Anna attendit gentiment.

— Avant il y avait une cuisinière dans le château, alors c'est la première fois que je cuisine un vrai repas.

— Pourquoi elle est partie, la cuisinière ?

— Tout le monde est parti en fait, tous les domestiques je veux dire. Ma mère a disparu il y a deux ans. Depuis je suis tout seul, alors je me nourris mais on ne peut pas vraiment dire que je cuisine.

— Je suis désolée.

La conversation prenait une tournure inattendue, et Anna voyait le visage d'Adam se fermer petit à petit. Si elle voulait qu'il continue à parler, il fallait changer immédiatement de sujet.

— Ma chambre est spacieuse, le château est magnifique et la bibliothèque est... Impressionnante mais j'ai besoin de plus. Ce château doit sans doute avoir un jardin, j'aimerais bien le voir.

— Si tu veux, je pourrai te le montrer après le repas ?

— Oui, je veux bien !

Anna sourit. C'est la première fois qu'elle souriait depuis qu'elle était ici.

Les jardins étaient vraiment magnifiques même de nuit. Anna apercevait à la lueur de la lune de jolies fleurs, des buissons taillés en œuvre d'art. Elle fut émerveillée. Adam s'en aperçut et s'en réjouit.

— Ça te plaît ? demanda-t-il.

Ce n'était pas vraiment une question. Il connaissait la réponse. Seulement, il voulait commencer une conversation. Mais la jeune fille ne répondit pas, et s'aventura plus loin dans les jardins. Il eut soudainement peur de la perdre.

— Ne t'éloigne pas trop, les jardins sont immenses, tu vas te perdre !

Anna hésita. Adam était loin derrière elle. Si elle se mettait à courir maintenant, il ne pourrait pas la rattraper. C'était peut-être sa chance de s'échapper. Il n'y avait aucune porte fermée à clé pour la retenir. Elle était libre de s'enfuir. Mais il faisait nuit et elle ne connaissait pas les lieux. Elle ne savait même pas où était situé le château. Et elle était loin d'être bête. Elle était raisonnable et prudente. Alors elle revint doucement vers son ravisseur.

— Je suis fatiguée, lui dit-elle, je devrais peut-être aller dormir.

— Il y a des fruits pour le dessert, des fruits rouges. J'ai fait une salade de fruit.

— Je veux bien mais après je vais me coucher.

Ils retournèrent à l'intérieur du château, puis de la salle à manger. Adam s'absenta un instant sans doute pour aller chercher la salade de fruit. Pendant ce temps, Anna réfléchit. Elle avait appris des choses intéressantes ce soir mais il lui manquait une information cruciale. Elle ignorait encore où le château se trouvait. Étaient-ils proches de Fleurabeau ? Elle réfléchissait à comment lui poser la question de façon à obtenir une réponse lorsqu'il arriva et posa un bol de salade de fruit devant elle. Il alla ensuite s'installer à sa place avant de lui souhaiter bon appétit. Elle prit une cuillère en bouche, et y trouva le courage dont elle avait besoin.

— Dis-moi Adam, il est situé où le château ?

— Au cœur d'une forêt, répondit-il rapidement.

Une forêt ? Quelle forêt ? Anna n'eut pas le temps de poser une autre question qu'Adam enchaîna.

— La forêt est dangereuse, Anna, lorsqu'on ne la connaît pas ! Ne t'y aventure pas, tu n'en reviendras pas vivante. Elle est habitée par des loups, des loups mangeurs d'hommes !

Anna se demanda si Adam lui disait la vérité. Peut-être qu'il mentait, qu'il cherchait simplement à l'effrayer pour ne pas qu'elle s'en aille. Elle savait qu'elle ne pouvait pas lui faire confiance même s'il se montrait gentil avec elle. Elle n'oubliait pas que si elle était ici, c'était d'abord parce qu'il l'avait kidnappée en pleine nuit. Mais depuis cette fameuse nuit, elle n'avait pas l'impression que c'était le même homme. Il se montrait agréable, gentil et attentionné. Il avait même pris soin de la libérer de sa chambre. Elle avait pu explorer et même sortir sans qu'il la suive à la trace. Elle n'était pas réellement prisonnière. Peut-être que si elle lui disait qu'elle voulait rentrer chez elle tout simplement, il ne s'y opposerait pas. Elle l'observa pendant qu'il dégustait son dessert. Il n'avait pas l'air d'un psychopathe ou d'un tueur. Pour la deuxième fois de la soirée, Anna le trouva beau. Beau ? Son ravisseur ? Celui qui l'avait kidnappé en pleine nuit pour en faire sa princesse ? Elle secoua la tête, comment pouvait-elle penser ça ? Cela faisait approximativement 72 heures qu'elle était avec lui et elle avait déjà l'impression de n'être plus elle-même. Anna demanda à Adam de la raccompagner dans sa chambre, elle avait besoin de sommeil. Elle envisagea de lui demander un pyjama puis décréta que c'était trop étrange comme demande. Elle n'en fit rien, et se coucha toute habillée. Juste avant de s'endormir, elle pensa : *Adam n'est pas beau, c'est un monstre. Un monstre ne peut pas être beau.*

***

Cela faisait presque une semaine qu'Adam avait kidnappé Anna Stone. Mais depuis ce premier dîner qu'ils avaient partagé ensemble, rien n'avait changé. Plus le temps passait, plus la jeune fille se murait dans le silence. Elle restait constamment dans sa chambre alors qu'elle n'était pas enfermée. Elle pouvait explorer, aller dans la bibliothèque et lire. Adam savait qu'elle avait une passion pour les livres. C'était d'ailleurs la raison principale pour laquelle il avait cessé de fermer sa porte à clef. D'accord, elle n'était plus chez elle, elle avait rompu avec tout son quotidien, le lycée, la bibliothèque où elle travaillait. Mais elle pouvait être heureuse, Adam avait tout fait pour qu'elle le soit. Il avait aménagé une chambre agréable pour qu'elle devienne la sienne, il avait fait d'une pièce son dressing personnel dans lequel il avait mis d'anciennes robes qu'il avait trouvé dans les caves du domaine. C'est vrai, c'était de vieilles tenues peu modernes mais c'était tout ce qu'il avait à lui offrir. Un jour, dans un excès de colère, il avait jeté tous les vêtements de sa mère. Et Anastasia avait emporté tous ces vêtements avec elle quand elle était partie. Adam ne pouvait pas prendre le risque de retourner en ville pour faire du shopping. D'ailleurs il avait coupé toute communication avec le monde extérieur. Cela faisait un moment déjà qu'il vivait sans télévision et sans internet, et il avait renoncé à son smartphone pour s'acheter un portable qui permettait juste de téléphoner au cas où. Il avait fait tout ce qui était en ce pouvoir pour améliorer la vie d'Anna au château mais il était forcé de constater que cela ne suffisait pas. Elle était malheureuse et n'essayait même plus de le cacher. Elle dînait avec Adam tous les soirs, mais elle ne parlait pas. Elle le regardait à peine. C'était comme si on avait soufflé sur la bougie qui illuminait son cœur. Anna Stone n'était plus que l'ombre d'elle-même. Alors qu'il préparait le repas du soir, Adam se dit que ça ne pouvait plus durer. Elle devait retrouver le sourire et l'envie de vivre parce qu'Adam ne supportait plus de s'endormir en se demandant si elle serait encore là, encore vivante le lendemain. Comme d'habitude, il alla toquer à sa porte pour lui indiquer que le repas était prêt. Elle le rejoignit quelques instants plus tard. Elle portait une robe bleu pâle qui lui arrivait aux genoux avec un col Claudine qui était loin de la mettre en valeur. Même ses yeux clairs ne brillaient plus du même éclat. Elle s'installa à sa place, regarda son assiette, et y planta quelques coups de fourchette. Anna ne mangeait pas vraiment, elle faisait semblant. Ce qui était étonnant parce que c'était le seul véritable repas de la journée et qu'en plus Adam avait fait des efforts pour qu'il semble appétissant. Il décida de rompre le silence pour entamer une conversation.

— Tu n'as pas faim ? demanda-t-il gentiment.
Elle leva les yeux vers lui, surprise qu'il lui adresse la parole. Finalement, elle ne répondit même pas. Il essaya de la faire parler mais n'y parvient pas. Après la fin du repas, il décida de la conduire de nouveau aux jardins. La première fois, elle avait adoré. Peut-être qu'elle en avait besoin ce soir. Adam était prêt à tout pour qu'Anna soit heureuse et reste avec lui.

Dès qu'elle fut dehors, elle se mit à courir le plus loin possible d'Adam. C'était comme si un interrupteur s'était déclenché dans son cerveau. Il faisait nuit, elle était pieds nus, elle ignorait où elle était ni même où elle allait mais rien n'aurait pu l'empêcher de courir. Adam n'essaya même pas de la retenir, il soupira, attristé et retourna à l'intérieur du château.

Chapitre 7

Alors qu'elle était en train de courir comme si sa vie en dépendait, Anna comprit qu'Adam n'était pas derrière elle, il ne l'avait pas suivie. Elle s'arrêta, et en profita pour respirer un coup. Elle était à bout de souffle, son cœur battait la chamade et elle tremblait. Devant elle, il n'y avait rien, rien que le jardin qui s'étendait à perte de vue et derrière elle, elle ne voyait même plus le château. Anna ferma les yeux une seconde pour se concentrer, et réfléchir. Que faire maintenant ? D'abord il fallait sortir du domaine du château. Ensuite, elle trouvera quelqu'un pour l'aider. Puis, elle empruntera un téléphone pour appeler la police. Non, son père d'abord. À quoi ça servait d'appeler la police tout de suite ? Adam ne la poursuivait pas et en dehors du kidnapping il ne l'avait pas blessé. Il ne l'avait pas touché. Elle n'était pas en danger dans l'immédiat. Elle appellerait son père en premier, il viendrait la chercher où qu'elle soit, ensuite ils contacteraient la police ensemble. Elle leur dirait tout ce qu'elle sait sur Adam, sur le château. Ils le retrouveraient sans aucun doute, et Adam finirait en prison pour avoir kidnappé et séquestré une jeune fille. Et elle, elle retrouverait sa vie, et passerait à autre chose. Son plan tenait la route, mais d'abord il lui fallait quitter le château. Elle marchait maintenant, peut-être depuis une demi-heure, plus ou moins. Elle avait perdu la notion du temps depuis longtemps. Elle n'avait pas de montre et au château rien n'indiquait l'heure enfin rien n'était réglé, même pas l'horloge de la salle à manger. Anna soupçonnait Adam d'avoir fait exprès. Soudain, elle aperçut la forêt. Il y avait effectivement une forêt qui semblait effrayante sûrement parce qu'il faisait nuit. Elle repensa un instant aux loups dont avait parlé Adam puis décida que c'était un mensonge de sa part. Alors qu'elle approchait doucement de la forêt, elle le vit. Il y avait un grillage en fer noir qui séparait le jardin de la forêt et aucune porte. Anna comprit avec horreur qu'elle était partie du mauvais côté, elle était allée au fond du jardin et non pas à son commencement. L'idée d'escalader le grillage lui effleura l'esprit mais elle la rejeta vite. On n'était pas dans un film, jamais elle ne réussirait à passer de l'autre côté alors que c'était si haut, qu'elle était pieds nus et surtout qu'elle n'avait aucune compétence sportive. Ce qui signifiait qu'elle était bien prisonnière, à la merci de son ravisseur et qu'elle ne reverrait pas son père. Peut-être plus jamais. Elle ne sortirait pas de cette prison dorée. Elle allait mourir ici. Par la main d'Adam, par la sienne, de chagrin ou de douleur quelle importance ! Elle avait perdu tout espoir.

***

Le lendemain matin, la jeune fille se réveilla dans son lit, comme si rien ne s'était passé. Pourtant elle ne se souvenait pas être rentrée. En fait, elle avait presque tout oublié de la veille, mise à part qu'elle avait tenté de fuir sans y parvenir. Mais tous les détails lui échappaient et elle avait un affreux mal de tête. Elle comprit avec effroi qu'elle avait sûrement été droguée mais fut soulagée de constater qu'elle portait encore la même tenue que la veille. Elle était très sale et en piteux état mais cela signifiait qu'Adam ne l'avait pas changé lui-même. Le comportement d'Adam était étrange, elle n'arrivait pas à le comprendre. On aurait dit, qu'en dépit de tout, il la respectait un minimum. Plus elle pensait à lui, moins il l'effrayait. Elle était consciente que c'était un psychopathe, un ravisseur, un monstre. Mais elle savait au fond d'elle même qu'Adam ne lui ferait pas de mal. Il avait eu plusieurs fois l'occasion de le faire jusqu'à présent et il ne l'avait jamais fait. Anna n'avait plus peur. Elle n'était pas certaine de réussir à s'enfuir, hier elle avait essayé en vain, mais elle n'avait rien à perdre à réessayer. Elle se devait de réessayer, au moins pour son père. Dans le pire des cas, on retrouverait son cadavre un jour mais dans le meilleur des cas elle serait libre. Elle se fit la promesse que tant qu'elle en aurait la force, elle tenterait de s'enfuir jusqu'à ce qu'elle y parvienne ou jusqu'à ce qu'elle en meure. Et elle allait commencer aujourd'hui. Il restait plusieurs pièces et endroits qu'elle n'avait pas encore explorés. Et a priori, elle pouvait explorer tout le château, Adam ne lui avait rien dit à ce sujet. Et même s'il l'avait fait, elle ne l'aurait pas écouté. Anna Stone était prudente et obéissante d'habitude. Elle respectait les règles sans demander d'explication. C'était ce que son père adorait chez elle, elle était la fille idéale. Anna, depuis sa plus tendre enfance, était serviable et agréable avec son père. Elle l'aidait toujours à mettre et débarrasser la table et lui demandait constamment si elle pouvait l'aider. Elle aimait être utile et aider les autres. Mais elle n'était pas seulement parfaite à la maison, elle était parfaite au lycée. Ses notes n'étaient pas exceptionnelles mais elle veillait toujours à faire de son mieux. Les parents et les professeurs l'appréciaient mais ce n'était pas vraiment le cas des gens de son âge. Elle était loin d'être l'adolescente parfaite, elle n'avait pas de vie sociale, pas de véritable ami, pas de petit ami. En fait, Anna n'avait jamais embrassé un garçon et cela lui importait peu. Elle pensait qu'elle vivrait ça une fois à l'université. Mais enfermée dans ce château, elle ne découvrirait peut-être jamais l'université. Et en étant prudente et obéissante, jamais elle ne pourrait s'enfuir. Et c'était son seul but, son seul souhait, son seul désir.

Anna voulait trouver la partie du château dans laquelle Adam vivait. Elle voulait en apprendre plus sur lui, sur son histoire, ses motivations et surtout pourquoi il l'avait kidnappée pour ensuite l'ignorer. Certes, il lui avait parlé pendant leur repas du soir rapidement mais ils n'avaient pas eu de véritable conversation. Elle ne savait presque rien sur lui et peut-être que si elle découvrait pourquoi elle était là, elle pourrait raisonner Adam pour qu'il la laisse partir. Alors qu'elle déambulait au hasard au rez-de-chaussée, elle tomba sur d'autre escalier qu'elle n'avait encore jamais vu. Sur le mur à gauche de l'escalier, il y a avait plusieurs photos. D'abord, il y avait une photo de mariage d'un couple dans une église qui ressemblait très légèrement à Adam mais trop peu pour être ses parents. Ensuite, il y avait plusieurs photos de famille de couple et de leur petite fille. Celle-ci ressemblait à Adam, elle avait la même couleur de cheveux, blond châtain, et un petit quelque chose qui lui faisait penser à Adam. Aucun doute, c'était sa mère, celle qui avait disparu. Puis, il y avait une photo d'elle à l'hôpital avec bébé Adam dans ses bras. Ensuite, il n'y avait plus aucune photo comme si la vie s'était arrêtée lorsque Adam était né. Une fois arrivée en haut des escaliers, Anna s'arrêta et écouta. Elle voulait s'assurer qu'Adam n'était pas dans les parages mais le château était silencieux comme d'habitude. Puis, elle continua suivant son instinct. Elle tomba très vite sur une pièce similaire à celle où ils mangeaient. Sauf qu'il n'y avait pas de grande table. En fait, excepté un meuble dans un coin, il n'y avait rien. C'était une simple table de chevet avec un petit tiroir en dessous. Elle ouvrit le tiroir qui était plein de choses sans intérêt, des papiers, de vieilles photos, des pièces de monnaie, un livre et finalement un trousseau de clés. Elle mit tout de suite les clés dans la poche de sa robe puis elle ferma le tiroir pour observer ce qu'il y avait dessus. D'abord il y avait un un vase simple qui contenait de jolies roses blanches.

Mais c'est l'objet d'à côté qui attira toute son attention. Il s'agissait d'un grand sablier de sable blanc qui faisait la taille d'un livre grand format. Elle n'en avait jamais vu d'aussi grand, et elle ne put s'empêcher de le prendre en main. Elle constata qu'il était en verre, et le retourna pour voir le sable s'écouler. Combien de temps durait le sablier ? 3 minutes ? 5 ? 10 ? Elle était tellement obnubilée par les grains de sable qu'elle n'entendit pas Adam arriver. Sa voix la surprit à un tel point qu'elle en lâcha le sablier qui se brisa en mille morceaux. Elle leva les yeux vers Adam qui la regardait comme si elle venait de le poignarder en plein cœur. Un mélange de peur, de surprise et de tristesse. Il ferma les yeux et quand il les rouvrit elle n'y lut que de la colère, de la rage même. Elle quitta la pièce immédiatement et s'enfuit à toute jambes.

Étrangement, elle n'eut aucun mal à quitter le château, son instinct la guidait. Elle prit soin de partir par la véritable entrée, la porte de devant qu'elle avait déjà repérée la première fois qu'elle était sortie de sa chambre. Bien sûr, la porte était fermée à double tour, mais Anna avait les clés. Cela dit, elle ne parvenait pas à trouver la bonne, celle qui ouvrait la porte. Pendant un instant, elle s'imagina qu'elle n'avait pas le bon trousseau mais au bout de la troisième tentative, la grande porte s'ouvrit. Anna n'eut aucun mal à quitter le domaine, franchir le portail avec la bonne clé, et se retrouver dans une forêt. Elle était enfin libre, pourtant, elle ne sentait pas en sécurité. Heureusement, il ne faisait pas encore nuit et tout portait à croire qu'Adam ne l'avait pas suivi. Donc, elle pouvait explorer, et espérer trouver une maison ou quelqu'un avec un téléphone portable.

Elle s'imaginait déjà au téléphone avec son père. Sa voix lui manquait tellement. Son visage, son sourire, sa douceur, ses câlins. Maintenant que l'adrénaline l'avait quitté, elle se sentait vide. Elle pleura tout en marchant. Elle ne voulait surtout pas s'arrêter, elle devait mettre le plus de distance possible entre elle et Adam. Ce ne fut que lorsqu'elle vit le soleil se coucher, qu'elle s'autorisa à faire une pause pour la nuit. Avancer dans une forêt inquiétante qu'elle ne connaissait pas, pieds nus, était déjà effrayant de jour mais continuer alors qu'il faisait nuit noire c'était faire preuve de stupidité. Anna était épuisée, surtout mentalement. Elle avait peur qu'Adam la retrouve, peur de se perdre et de mourir ici déshydratée. Mais Anna n'était pas stupide. Si elle voulait s'en sortir vivante, elle devait se reposer. Elle s'assit contre un arbre et tenta de trouver le sommeil. Mais impossible de dormir, elle ne cessait de s'imaginer qu'Adam n'était pas très loin d'elle et qui la tuerait dans son sommeil. Soudain elle entendit des bruits étranges, des grognements, des hurlements. Des loups. Ne sachant pas où aller, elle resta sur place. Grossière erreur.

.

Chapitre 8

Le sablier était là, à ses pieds, brisé. Il y avait exactement 53 bouts de verre. Si Adam avait pu compter les grains de sable, il l'aurait fait. Ce sablier était un cadeau de sa mère, elle le lui avait offert pour ses dix ans. Le petit Adam avait été très déçu lorsqu'elle lui avait donné parce qu'il espérait avoir un vélo. Un vélo rouge comme son camarade de classe Quentin mais à la place il avait eu ce sablier. Lise, sa mère, lui avait dit que c'était un objet magique qui permettait de mesurer le temps. "N'empêche, ça ne sert à rien" avait pensé Adam mais il ne l'avait pas dit à haute voix. Il était reconnaissant que sa mère lui avait donné son cadeau en main propre. Il fêtait ses dix ans et elle était là pour marquer le coup contrairement aux années précédentes. Lise avait créé sa propre entreprise lorsqu'il avait six ans, elle avait ouvert une agence immobilière. Et depuis elle y consacrait tout son temps. Son travail c'était toute sa vie.

Elisabeth Chester était née de parents plutôt fortunés mais elle n'était pas comme eux. Elle voulait réussir d'elle-même, et ne pas seulement être connue comme la fille unique de Monsieur et Madame Chester. Dès qu'elle avait pu, c'est-à-dire à 18 ans, elle avait quitté le domicile familial, le château, pour la grande ville de Paris. Là-bas elle avait fait ses études, avait rencontré quelqu'un avant de l'épouser six mois plus tard et de le quitter le mois suivant. Elle avait eu Adam entre temps, et même en étant mère célibataire, elle ne voulait pas retourner à Caulut. Elle préférait la vie parisienne, elle avait un appartement plutôt beau et un travail en tant qu'agent immobilier. Mais à la mort de ses parents, lorsqu'Adam allait entrer à l'école pour la première fois, elle n'eut pas d'autre choix que de retourner vivre au château qu'elle avait reçu en héritage. Si elle n'avait pas eu d'enfant, peut-être qu'elle l'aurait mise en vente. Mais elle avait son fils, et lui aussi héritait de ce château. Elle ne se sentait pas légitime de le lui prendre. Alors elle était revenue à Caulut, seule avec son fils, elle avait engagé M. Bingley comme majordome et sa femme Anastasia pour cuisiner à sa place. Lise avait dû abandonner son travail à

Paris et elle devait tout reconstruire ici, alors elle n'avait pas le temps d'entretenir un château ou même de cuisiner. Elle pouvait encore réaliser son rêve, ouvrir sa propre agence immobilière, mais pour ça elle devait travailler dur. C'est ainsi qu'elle était devenue, au fil des années, un véritable bourreau de travail.

Mais pour les dix ans de son fils, elle avait été là. Et elle lui avait offert cet étrange cadeau dont il ne voyait pas l'utilité au départ. Mais ensuite, il s'était surpris à observer les grains de sable tomber dans le sablier pendant des heures. Il était fasciné par le temps qui passe. Il essayait de deviner combien de fois il faudrait retourner le sablier avant que sa mère rentre du travail. Désormais il savait que sa mère ne rentrerait plus.

Il avait déplacé l'objet, autrefois dans sa chambre, dans cette partie du château. C'était les quartiers de sa mère. Il avait laissé les lieux exactement comme ils étaient lorsque Lise vivait encore au château. Il avait tout laissé dans le moindre détail comme si elle pouvait revenir d'un jour à l'autre, enfin excepté ses vêtements. Mais lui ne mettait que rarement les pieds dans cette partie du château. Il venait juste pour changer les roses blanches. C'était les préférés de Lise alors

Adam les entretenait régulièrement pour elle. Il n'y avait rien d'autre dans cette pièce, mise à part une petite table de chevet avec les fleurs posées dessus. Cette table de chevet était plutôt vieille et ne servait à rien mais sa mère refusait de s'en séparer alors elle l'avait mis dans cette pièce vide comme si c'était un grenier ou un sous-sol. C'était Adam qui avait posé le vase dessus ainsi que le sablier histoire de donner une utilité à ce meuble. Quand il venait près du sablier, il avait l'impression de se recueillir sur sa tombe. Ce qui lui faisait du bien. Adam aimait sa mère, plus que tout au monde. La perdre avait été la pire épreuve de sa vie. Non, le pire ça avait été d'annoncer sa disparition à la police. C'était M. Bingley qui s'en était chargé pour épargner à Adam de le faire mais les policiers l'avaient interrogé. Finalement, ils avaient conclu que ce n'était pas une vraie affaire de disparition. C'était juste une femme célibataire de 41 ans qui avait abandonné sa vie à Caulut comme elle l'avait déjà fait à l'âge de 18 ans. Elle laissait derrière elle un château et un fils déjà majeur. On n'avait pas jugé utile de la rechercher, après tout elle avait le droit de disparaître. Le problème c'est qu'elle était morte.

***

Adam Chester est dans son lit, il doit être quelque chose comme 11h du matin. Normalement, il devrait être en cours à cette heure-ci mais il estime avoir une bonne raison de sécher. Hier soir, il a eu 20 ans, il a célébré son anniversaire tout seul dans sa chambre. Le temps où il soufflait ses bougies avec sa maman appartient au passé. Non hier soir, elle n'était pas avec lui. En fait, personne n'avait pensé à lui. Il n'avait eu ni bougie, ni gâteau, ni cadeau. Même son soi-disant ami Quentin Rute a refusé de venir pour son anniversaire parce qu'ils avaient un examen le lendemain c'est-à-dire aujourd'hui. C'était tout Quentin ça. Un pur intello pour qui les cours et les examens sont ce qu'il y a de plus important dans la vie. Quentin préfére dormir à 20h30 pour s'assurer d'être en forme pour un examen plutôt que de passer une soirée très alcoolisée dans un château presque abandonné avec son pote. Ils sont tellement différents qu'Adam a du mal à se souvenir pourquoi ils sont amis. Les deux garçons se connaissent depuis la petite section de la maternelle, c'est-à-dire presque depuis toujours. Ils ont enchaîné les classes dans la ville de Courcité qui est la grande ville la plus proche de Caulut. Et puis, quand ils se sont retrouvés ensemble à l'université, ils sont devenus amis. À vrai dire, c'est le seul ami d'Adam, mais ce dernier n'a jamais ressenti le besoin d'en avoir plus. D'ailleurs, il se lasse de l'amitié de Quentin. Il est souvent en train de lui faire la morale sur l'importance des cours ou sur l'aspect dangereux de l'alcool. Quentin est lourd, le type de personne à vous prendre la tête pour rien, à ne pas connaître la définition du verbe s'amuser. Quelque part, c'est pas plus mal qu'il ait fait la fête sans lui. Sauf que maintenant, Adam a une affreuse gueule de bois et une furieuse envie de se rendormir. Mais soudain, il entend quelqu'un grimper l'escalier. Peut-être est-ce M. Bingley ou sa femme ou un domestique dont il ne connait pas le nom. Mais lorsqu'il perçoit le bruit des talons, il comprend que c'est sa mère. Que fait-elle à la maison à cette heure-ci ? Curieusement, elle passe devant sa porte et le voit emmitouflé dans ses draps. Adam se maudit de ne pas avoir fermé la porte la veille.

— Adam, c'est toi ? Mais qu'est-ce que tu fais ici ? Tu devrais être en cours. Tu es malade, mon chat ? demande sa mère à l'entrée de la chambre. Pendant une seconde, elle semble vraiment inquiète.

— Oui enfin je ne sais pas, j'ai super mal à la tête, répondit Adam sans avoir besoin de mentir.

Elle s'approche pour prendre sa température en posant sa main sur son front comme quand il était petit garçon, puis se prend le

pied dans quelque chose. Elle allume la lumière et constate qu'il s'agit d'une bouteille de bière vide. En fait, il y en a plusieurs autour du lit d'Adam. Six.
— Tu as mal à la tête parce que tu as bu ! Six putains de bouteilles Adam ! En plein milieu de la semaine ! rugit-elle.
Le fait qu'elle ignore que c'était son anniversaire hier le fait sortir de ses gonds.
— Oui ! Oui j'ai bu hier soir ! Tu veux savoir pourquoi ? Parce que visiblement tu ne sais pas hein, hier c'était mon…
— Mais je me fiche de savoir pourquoi Adam ! Tu n'avais pas à boire autant un jeudi soir alors que tu as cours le lendemain, un point c'est tout. Tu ne peux pas sécher les cours à chaque fois que tu en as envie !

Maintenant Lise est rouge de colère et ne laisse pas son fils en placer une. Finalement, elle quitte sa chambre mais continue de crier. Sa colère n'est plus uniquement dirigée contre son fils. Elle s'en veut parce que quoi qu'il arrive, Adam reste son fils, sa responsabilité. S'il a mal tourné, c'est forcément sa faute à elle. C'est elle qui l'a élevé. Alors elle extériorise comme elle peut, elle crie sur son fils jusqu'à arriver devant les escaliers. Mais ce qu'elle ignore c'est qu'Adam l'a suivie depuis sa chambre. Il se tient derrière elle, en silence et en larmes aussi. Il est tellement en colère contre sa mère à cet instant qu'il est incapable de lui répondre. Tout ça, c'est de sa faute à elle. Elle n'était pas là hier soir, ni avant-hier d'ailleurs. Elle n'est jamais là. Tout ce qui compte pour elle c'est juste sa putain d'entreprise et ce depuis sa création, depuis qu'Adam a six ans. Comment une mère peut-elle laisser son fils si jeune grandir seul ? Comment peut-elle l'abandonner sous prétexte qu'il n'est pas seul au château puisqu'il y a Bingley et tous les autres ? Comment peut-elle préférer payer des gens pour qu'ils gardent son propre fils à sa place ? Comment peut-elle ne pas l'aimer comme lui l'aime ? C'est la question qui brûle sur les lèvres d'Adam mais il ne parvient pas à ouvrir la bouche alors que Lise n'arrive plus à la fermer. Elle crie, elle se plaint, et Adam sent qu'il n'est plus lui-même. Si seulement, elle se taisait juste une minute, une seconde. Mais elle ne le fait pas. Alors Adam, n'arrivant plus à maîtriser sa colère, la pousse si violemment qu'elle dévale les escaliers jusqu'en bas. Et quand il réalise ce qu'il vient de faire, il appelle sa mère comme un petit garçon inquiet. Mais elle ne répond pas. Il descend, touche son pouls mais ne sent rien. Elle est morte.

***

Adam était à genoux devant les morceaux de verre brisés. Il pleurait à présent. Il pleurait sur son cadeau brisé, sur sa mère qu'il avait tué il y a deux ans. Il ne pensait même pas à la jeune fille qui devait être bien loin à présent. Il ne pensait qu'à sa mère. C'est comme si elle était morte une seconde fois. Il quitta le château pour aller dans le jardin là où il l'avait enterré.

Après sa mort, il avait réfléchi intelligemment. Il ne pouvait pas aller en prison, il était trop jeune, et il ne le méritait pas. Il avait perdu son sang-froid et sa mère était morte. C'était juste un accident. Un accident brutal, horrible et dramatique mais un accident quand même. Adam n'avait jamais voulu tuer sa mère. Mais le fait qu'elle soit morte, et même s'il ne l'admettrait jamais, était de sa faute. Heureusement il n'y avait personne au château alors il avait pris tout son temps pour réfléchir posément. Personne ne chercherait sa mère avant la fin de la journée parce que pour tout le monde elle travaillait aujourd'hui, comme d'habitude. Son agence immobilière se trouvait à Courcité et ce jour-là, elle y était seule. Adam le savait parce que la veille, elle s'était plainte longuement sur le fait qu'au travail elle ne pouvait compter que sur elle-même. Amandine était en congé maternité,

George en arrêt maladie. Et la mère d'une certaine Mélissa était morte ce qui faisait que cette dernière ne travaillait pas ce jour-là. Adam avait tout son temps pour inventer une histoire crédible. Il avait très vite conclu qu'il ne pouvait pas expliquer sa mort, mais sa disparition peut-être. S'il n'y avait pas de corps, il n'y avait pas de preuve. Et s'il n'y avait pas de preuve, il n'y aurait pas d'enquête interminable, non ?

Il avait alors inventé le mensonge le plus gros de toute sa vie. Ce vendredi matin-là, il s'était réveillé seul au château vers onze heures. Pourquoi il n'était pas en cours ? Il avait dit la vérité, il avait bu, beaucoup trop bu, et il n'avait pas entendu son réveil sonner. Où était sa mère ? Au boulot, normalement. Elle avait une agence immobilière à Courcité. Quand l'avait-il vu pour la dernière fois ? Hier dans la soirée. L'entretien avait été long et difficile, ils avaient posé les mêmes questions plusieurs fois mais Adam disait la vérité en grande partie, ce n'était pas dur de répondre.

Ce qui avait été vraiment difficile c'était de l'enterrer dans le jardin. Il avait déjà entendu des gens dire qu'enterrer sa mère était vraiment horrible mais ce n'était qu'une façon de parler. Lui, avait vraiment enterré sa mère.

Il avait choisi un endroit du jardin reculé et mal entretenu, où personne n'allait jamais, lui y comprit. La mort de Lise avait précipité le départ des domestiques du château.

Quand il fut dehors, il entendit des hurlements de loup. Anna. Elle était seule dans une forêt qu'elle ne connaissait pas, sans aucun moyen de se défendre. S'il n'intervenait pas, elle allait mourir. Adam ne pouvait pas s'y résoudre.

Chapitre 9

Quatre loups lui faisaient face. Ils étaient noirs, gigantesques, effrayants. Et immobiles, comme Anna, pétrifiée de peur. Elle était tout simplement incapable de bouger. Anna, lorsqu'elle était petite, criait haut et fort que le loup était son animal préféré parce qu'il était grand, beau, majestueux et solitaire comme elle. Mais c'était faux : les loups se déplaçaient en meute et beau n'était pas le meilleur adjectif pour les décrire. Non, affreux ou abominable sonnaient beaucoup mieux. Anna pensait que toute l'aventure avec Adam - le kidnapping, le réveil, la première rencontre avec son ravisseur, et surtout la fuite - lui avait ôté la peur. Mais elle avait tort. Peu importe à quel point on se montre courageux, on ne cesse jamais d'avoir peur. Et contrairement à ce qu'elle avait toujours cru, la peur n'était pas un sentiment négatif. C'est ce qui lui avait permis d'agir, de s'enfuir loin d'Adam et à ce moment précis loin des loups. Mais ils étaient rapides, et elle, maladroite à cause de son cœur qui ne cessait de battre beaucoup trop vite. Elle trébucha sur une racine et tomba brutalement par terre. Elle ferma les yeux et eut une dernière pensée pour son père. C'est alors qu'un coup de feu retentit. Au même moment ou presque un loup s'effondra. Les autres reculèrent, craintifs et Anna entendit un second coup de feu. Cette fois, elle vit d'où il venait. C'était Adam, un fusil à la main, qui venait de tirer en l'air, le visage impassible. Il ne regardait même pas la jeune fille qui était encore sous le choc. Cette fois-ci tous les loups vivants prirent la fuite, tous sauf un. Il n'hésita pas une seconde en se jetant au cou d'Adam, il envoya valser le fusil au loin. Anna n'eut même pas le temps de réfléchir, elle se releva, courut pour attraper le fusil et tira trois balles dans le loup qui s'attaquait à Adam. Ce dernier ne bougea pas, si bien qu'elle eut peur de l'avoir tué par accident. Pour la première fois, elle n'avait pas peur de lui mais peur pour lui. Cet homme l'avait kidnappée pour la retenir prisonnière sous son toit mais aujourd'hui il avait risqué sa vie pour sauver la sienne. En éloignant la carcasse de loup du corps d'Adam, elle vit qu'il était encore vivant, blessé mais vivant. Et pour la première fois, elle sembla reconnaître dans ses yeux une lueur qui ne lui était pas étrangère. Adam, qui pouvait encore parler, lui murmura quelque chose à l'oreille. Il lui indiqua où se trouvait l'écurie du château pour qu'elle puisse revenir plus vite à cheval et l'y ramener. Il ignorait totalement si elle allait le faire, si elle pouvait le faire mais c'était sa seule chance d'être sauvé, là-bas il y avait de quoi le soigner. Anna était encore en état de choc, elle s'était vue mourir il y a quelques minutes. L'instant d'après, elle avait pris un fusil et appuyé sur la détente trois fois. Et il était mort, le loup était mort. Elle n'était pas en mesure de dire si c'était grâce ou à cause d'elle. Le fait est, qu'elle avait tiré et que le loup était mort. Elle était incapable de réfléchir maintenant mais était-ce nécessaire ? Adam lui avait dit quoi faire, elle n'avait qu'à l'écouter. Ça c'était encore faisable et c'est ce qu'elle fit pendant les heures qui suivirent. Elle ramena Adam au château, le soigna et recousu ses blessures. Ce ne fut que bien après qu'elle comprit qu'elle avait perdu sa chance, la seule peut-être, de s'enfuir loin de son ravisseur.

***

Le lendemain matin, Anna Stone se réveilla dans son lit, dans sa chambre au château comme si la veille elle n'avait pas tenté de s'enfuir. Sauf que cette fois elle était revenue d'elle-même même si elle n'avait pas l'impression d'avoir eu le choix. Les événements s'étaient enchaînés si vite, la trouvaille des clés, la chute du sablier, la fuite, la forêt, les loups, les coups de feu. Elle se souvenait vaguement de la suite. Même si Adam était en bonne voie de guérison grâce à elle, elle n'avait pas le sentiment d'avoir accompli une bonne action. Elle ne se reconnaissait plus. Hier soir, elle avait fait des choses que la Anna d'avant n'aurait jamais osé faire, à commencer par tuer un loup. Puis elle avait dévalé la forêt à cheval au galop alors qu'elle n'avait pas fait d'équitation depuis deux ans, et elle avait monté à cru, chose qu'elle n'avait jamais faite auparavant. Ensuite elle avait fait des points de sutures elle-même dans une chambre du rez-de-chaussée où Adam ne voulait pas aller bien sûr mais elle était incapable de le porter dans les escaliers et lui ne pouvait pas les monter. Soit elle le soignait là, soit il mourrait. Elle avait accepté de ne pas appeler les secours (qui selon Adam n'étaient pas nécessaires) même si à présent c'était elle qui prenait les décisions. Et pour une fois, il n'avait rien trouvé à redire.

D'ailleurs, Adam lui aussi avait l'air différent de celui qui l'avait kidnappé. En fait, depuis le début elle n'arrivait pas à le cerner. Anna commençait doucement à comprendre qu'il ne montrait pas vraiment celui qu'il était réellement. Malgré les semaines de cohabitation, c'était encore un inconnu pour elle. Si la plupart du temps il agissait comme un adulte froid et distant, parfois il semblait être un tout petit garçon qui avait été obligé de grandir trop vite. C'était le cas hier soir et c'était déroutant. Adam s'était même excusé la veille, il lui avait demandé pardon tout simplement mais au moment où elle allait répondre, elle avait constaté qu'il dormait. Donc elle s'était couchée elle aussi à l'étage dans sa chambre.

Et ce matin, elle avait terriblement faim, il était évident qu'elle ne recevrait aucun plateau donc elle devait se trouver à manger elle-même. Elle était prête à explorer de nouveau le château pour trouver une cuisine sans la moindre peur. Déjà parce qu'Adam ne pouvait pas se déplacer tout seul. Ensuite parce qu'elle avait encore les clés (même si elle avait laissé ouvert le grand portail car cela la rassurait). Et puis, elle ne se considérait plus prisonnière, hier soir elle l'avait menacé de partir il n'avait rien dit et plus tôt dans l'après-midi elle était partie et il n'avait pas essayé de l'en empêcher. Ce qui veut dire qu'elle était libre de partir à la minute où elle le décidait (même si elle ignorait comment rentrer chez elle) mais le simple fait de savoir qu'elle le pouvait changeait tout. Elle n'eut aucun mal à trouver la cuisine. Contrairement à la première fois où elle l'avait vu, la pièce était en désordre. La vaisselle n'était pas faite, des couverts sales traînaient un peu partout et il y avait encore des casseroles usagées sur les plaques de cuisson. Si son père avait été là, il aurait rangé la pièce immédiatement. Il n'était pas particulièrement maniaque mais il avait horreur des cuisines sales. Mais Anna n'était pas dérangée par le désordre, elle éprouvait une furieuse envie de gaufres. Elle ouvrit tous les placards, tous très remplis et pour tous les goûts. Elle était en train de fouiller lorsqu'elle vit une assiette de gaufres dans le micro-onde ouvert. On voyait tout de suite qu'elles étaient faites maison, elle se demanda si Adam les avait faites. Bien qu'il préparât tous leurs repas, Anna savait qu'il n'aimait pas vraiment cuisiner. Elle essaya de se remémorer tout ce qu'elle avait appris à son sujet et constata qu'elle ignorait beaucoup de choses. À commencer par pourquoi il l'avait kidnappée, elle ? Penser à ça l'angoissait parce qu'elle ne se souvenait de rien de cette nuit-là. Tout ce qu'elle savait c'était qu'il l'avait assommée dans la rue puis elle s'était réveillée dans une chambre au château. Ce qui s'était passé pendant qu'elle était inconsciente ? Elle l'ignorait et ce n'était pas plus mal. Penser à Adam l'épuisait moralement. Elle ressentait à son égard des sentiments contradictoires. D'un côté elle avait envie de lui échapper définitivement et de l'autre elle ressentait le besoin de l'aider parce que personne d'autre ne le ferait. Elle n'avait pas besoin de faire un choix ce matin. Après avoir mis son petit-déjeuner sur une assiette, elle s'installa avec dans la bibliothèque pour lire en mangeant.

***

Quand Adam ouvrit les paupières, il ne reconnut pas tout de suite la chambre dans laquelle il s'était réveillé. Ce n'était pas la sienne ni celle de sa mère. C'était la toute première fois qu'il se réveillait dans une chambre inconnue. Même enfant, il n'avait jamais dormi chez un ami ou ailleurs que chez lui. En fait, il était encore chez lui, il finit par reconnaître la chambre de M. Bingley. Anna l'avait installé là parce que cette chambre était au rez-de-chaussée. Ensuite, elle l'avait soigné. Même s'il lui en était très reconnaissant, il avait du mal à comprendre pourquoi elle l'avait fait. Après tout, elle s'était enfuie quelques heures auparavant. D'ailleurs il se demandait si elle était encore là au château ou si elle était repartie depuis. Il avait une envie irrépressible d'aller voir mais il

se sentait encore faible. Il avait besoin de sommeil. Quand il émergea de nouveau, Anna était là. Assise sur une chaise, elle lisait sans lui prêter attention. Il l'observa un moment sans rien dire avant de prendre la parole.
— Merci.
Elle leva les yeux vers lui mais ne répondit pas. Alors il répéta.
— Merci de m'avoir recousu hier, et d'avoir tué le loup.
— C'est moi qui devrais te remercier, sans toi je serais morte.
Adam ne savait pas comment continuer la conversation. Il voulait s'excuser pour lui avoir hurlé dessus après la chute du sablier mais il aurait sans doute fallu lui expliquer pourquoi ce sablier lui tenait tant, et il n'était pas prêt à le faire. Ce fut elle qui rompit le silence.
— Je suis désolée d'avoir cassé le sablier. C'est juste que tu m'as fait peur et je...

La conversation était bizarre. Adam sentait qu'elle voulait dire autre chose mais qu'elle n'osait pas. Pourquoi était-elle là ? Pas seulement au château mais près de lui ? Pourquoi était-elle restée ? Il mourrait d'envie de mettre un terme à cette conversation insensée pour le lui demander mais il redoutait qu'elle interprète sa question comme une invitation à partir. Et il ne voulait surtout pas qu'elle s'en aille. Comme il ne disait plus rien, Anna se replongea dans sa lecture préférant l'ignorer. Adam lui demanda gentiment de lire à haute voix. Il ne savait même pas de quel livre il s'agissait mais il s'en fichait. Il voulait juste entendre sa voix. Elle accepta sans doute parce que le silence était pesant, et qu'au moins elle n'avait pas besoin de le regarder. Adam n'accorda aucune attention à la lecture d'Anna, il entendait mais son esprit était ailleurs. Il s'interrogeait sur les motivations de la jeune fille, il ne la comprenait absolument pas. Adam l'avait arraché brutalement à sa vie, et elle avait tenté non elle avait réussi à s'enfuir. Elle avait trouvé les clefs, franchit le portail sans même qu'il essaie de l'en empêcher. Il avait été blessé peut-être pas mortellement mais assez pour qu'il soit incapable de retenir Anna. Elle pouvait partir. Pourtant, elle était encore là, à faire la lecture à Adam comme s'il le méritait, comme s'il n'était pas celui qu'il l'avait kidnappé des semaines plutôt, comme s'il avait changé. Sauf qu'il était toujours le même, l'Adam qui avait tué sa mère avant de faire croire à sa disparition. Il ne se sentait pas différent, il se sentait coupable. Affreusement mal. Mais elle était encore là sans raison apparente. Pour la première fois, il saisissait enfin qu'il ignorait totalement qui était Anna Stone.

Chapitre 10

— Anna ?
— Oui ?
— Tu es là ? Encore là je veux dire, pourquoi tu restes ?
Adam en avait marre de se poser cette question dans la tête. Il ne connaissait absolument pas la Anna qui lui faisait face et le meilleur moyen d'apprendre à la connaître était de lui poser directement la question. La jeune fille hésita avant de répondre puis elle finit par avouer la vérité.
— Franchement ? Je ne sais pas. Je ne sais pas où on est, je ne sais pas pourquoi je suis là. Je ne sais pas, répéta-t-elle.
— Je m'appelle Adam, tu le sais. Et ici, c'est chez moi, ce domaine appartenait à ma famille, je le tiens de ma mère qui n'est plus là.

Il s'arrêta un instant de parler. Anna pensa qu'elle n'obtiendrait pas plus de réponse de sa part mais contre toute attente, il reprit la parole.

— Anna, je n'aurais pas dû faire ce que j'ai fait, je m'en rends compte maintenant. C'était une erreur et je suis désolé. Tu peux partir, tu peux rentrer chez toi et retrouver les tiens. Je suis désolé.

C'était lorsque Anna avait failli mourir qu'il en avait pris conscience. Au fond, il ne voulait pas qu'elle s'en aille, surtout maintenant qu'il n'était plus en état de s'occuper de lui-même. Le loup n'avait pas eu le temps de le blesser profondément, il avait juste eu besoin de quelques points de sutures heureusement. Mais Adam avait tout de même besoin de repos. Anna ferma son livre après y avoir glissé un marque-page puis elle prit une grande inspiration et répondit.

— Je n'ai pas l'intention de partir, enfin pas maintenant mais il me faut un téléphone. Je veux parler à mon père. Je veux lui dire que je vais bien, que je suis en vie et que je rentrerai bientôt.

— Non ! C'est impossible, tu ne peux pas l'appeler !

Sentant qu'il était en train de surréagir, il reprit d'un ton plus calme.

— Tu ne peux pas l'appeler parce qu'il n'y a aucun réseau.

Ce n'était pas tout à fait vrai, mais Anna n'avait pas besoin de le savoir.

— Alors il faut que j'y aille ! Il doit être mort d'inquiétude…

— Oui, je comprends. Tu sais quoi, je te ramènerais moi-même dès que j'irais mieux.

— Je peux y aller seule !

— Non. Tu ne sais pas où on est, tu ne sais pas par où aller. Je te ramènerais. Mais Anna, il faut que tu me promettes que tu ne diras rien à personne sur moi, surtout à ton père. Tu comprends pourquoi ?

Évidemment qu'elle comprenait pourquoi. Elle n'était pas bête. C'est pour cette raison qu'elle acquiesça sans rien dire. Elle craignait qu'Adam puisse changer d'avis et finalement la garder prisonnière. Bien qu'il se montre désormais agréable pour ne pas dire gentil, elle ne lui faisait absolument pas confiance mais elle n'était pas assez bête pour l'admettre à haute voix. Elle ignorait encore qui il était mais elle savait que ce n'était pas un psychopathe. Il s'était excusé parce qu'il était conscient d'avoir commis des erreurs. Il était humain en fin de compte.

Pour détendre l'atmosphère qui était devenue pesante et parce qu'il se faisait tard, Anna proposa de cuisiner pour deux. Elle vit bien qu'il n'avait pas vraiment envie de dire oui mais il n'avait pas vraiment le choix. Ils allèrent tous deux en cuisine parce qu'Adam était incapable de rester encore alité. Il sortit d'un tiroir un carnet de recette qui appartenait à Anastasia, l'ancienne cuisinière du château et regretta pour la première fois qu'elle ne soit plus là. Ses repas étaient bons mais si Adam les appréciait tant c'est parce qu'ils avaient quelque chose de réconfortant. La curiosité d'Anna quant à ce carnet se lisait dans yeux pourtant elle n'avait pas prononcé un mot depuis qu'ils avaient mis les pieds dans la cuisine. Quand elle avait fait sa proposition, elle s'était imaginée cuisiner seule mais Adam avait tenu à l'accompagner. Elle était gênée par sa présence si bien qu'elle ne disait rien.

— Qu'est-ce qui te ferait plaisir ? demanda Adam, le sourire aux lèvres.

— Oh je sais pas…

— Si ça te dit, on peut faire des lasagnes maison ! Mme Bingley en faisait souvent, c'était la cuisinière du château. À moins que tu n'aimes pas ça ?

— Si j'aime bien mais je suis pas sûre que ce soit un plat facile à préparer. En fait, j'avoue que je sais pas vraiment cuisiner.

— Oh ce n'est pas grave, ce n'est pas difficile à faire. On a qu'à suivre la recette qui est écrite là. Je vais t'aider même si moi non plus je ne m'y connais pas trop en cuisine mais j'ai vraiment envie de manger des lasagnes.

Adam parlait trop, ce n'était pas dans ses habitudes mais il voyait bien qu'Anna était gênée et ça le rendait nerveux, bavard. C'était la première fois qu'ils avaient une conversation banale et il ne voulait pas que cela cesse. Il avait presque peur qu'elle revienne sur sa proposition et l'abandonne en cuisine. Sans elle, il serait incapable de tout faire, il était surtout venu pour l'accompagner à faire le repas. C'était une activité qu'il faisait autrefois avec sa mère lorsqu'il était petit garçon, ils cuisinaient ensemble de temps en temps. Enfin, Lise préparait le plat, et Adam la regardait tout en lui parlant. Lorsqu'il était enfant, il admirait vraiment sa maman, il faisait un véritable complexe d'Oedipe. Sauf que contrairement à ce dernier, Adam n'avait même pas besoin de tuer son père. Finalement, Anna accepta de faire les lasagnes avec lui. Elle n'était pas bien bavarde au début mais la cuisine les obligeait à converser de manière naturelle. Si bien que la jeune fille finit par s'ouvrir un petit peu pour parler de son son père comme si elle était simplement en vacances. C'était agréable. Alors Adam oublia tout le contexte et parla même de sa mère, de comment elle était lorsque leur relation mère-fils n'était pas conflictuelle. Il avait dit, pour la première fois à haute voix, que Lise était décédée. Anna n'avait pas cherché à savoir comment c'était arrivé, elle s'était simplement excusée. Elle s'était confiée elle aussi sur la mort de sa mère. Amanda, la mère d'Anna, avait perdu la vie en la mettant au monde. Parfois, elle se sentait coupable parce qu'elle savait qu'elle avait causé la mort de sa mère. Quand Adam avait entendu ses paroles, il avait ri intérieurement. Anna n'avait absolument aucune responsabilité dans la mort de sa mère. Il avait l'envie de le lui dire mais n'osait pas l'interrompre. Parfois, elle se disait que son père lui en voulait même s'il n'en montrait rien. Jacques ne parlait jamais d'elle et Anna ne l'y poussait pas. Elle savait juste que sa mère se nommait Amanda, qu'elle était libraire et qu'elle lui ressemblait beaucoup. Elle avait vu des photos, c'était son portrait craché.

Quand le dîner fut prêt, ils s'installèrent dans la salle à manger là où ils prenaient leur repas depuis l'arrivée d'Anna. Mais cette fois, ils ne se mirent pas chacun à un bout de table. Elle s'assit la première, sur le côté et Adam après avoir hésité un instant s'assit en face.

***

Cela faisait une semaine que l'attaque des loups avait eu lieu. Adam s'était complètement rétabli mais il n'avait rien dit à

Anna. Entre eux, tout avait changé, leur relation n'avait plus rien à voir avec les premiers jours où Anna était arrivée. Le premier changement notable était le fait qu'Anna n'avait plus du tout peur d'Adam et lui-même n'essayait plus de cacher qui il était. Il y a des semaines, il avait compris qu'il s'était perdu, qu'il n'était plus le même Adam Chester. Le jour où il avait tué sa mère, il était devenu quelqu'un d'autre un peu malgré lui et depuis il voulait retrouver celui qu'il avait un jour été. Son esprit tordu lui avait fait croire qu'Anna était la clé, c'est pourquoi il l'avait kidnappée le 20 avril 2017. Mais, il avait tort, il avait enfin compris qu'il était le seul capable de guérir de la mort de sa mère. Anna n'était pas sa solution miracle mais elle l'aidait sans le savoir. Désormais il avait quelqu'un à qui parler, quelqu'un pour le sortir de la solitude dans laquelle il s'était enfermé. Ils cuisinaient toujours ensemble le repas du soir. C'était devenu leur petit rituel et c'était plutôt étonnant parce qu'aucun d'eux n'avait l'habitude de cuisiner. C'était fou comme Anna se débrouillait mal pour la fille d'un cuisinier. Elle ne savait même pas éplucher une pomme de terre. C'était en partie pour ça qu'Adam aimait tant ces moments, ils apprenaient ensemble. Heureusement, Anastasia, l'ancienne cuisinière, avait laissé au château son carnet où elle avait écrit ses recettes de façon détaillée.

Adam passait presque l'intégralité de ses journées dans la bibliothèque. Comme Anna, il adorait lire. C'était pour cette raison qu'il avait choisi des études de lettres, après son bac littéraire. Mais dès les premiers mois, son amour des livres avait faibli face aux nombreux romans à lire pour sa licence de lettres. Lui préférait la fantasy aux classiques qu'on lui imposait. En fait, il avait aussi beaucoup de mal avec les cours. Il comprenait enfin l'expression s'ennuyer à mourir. C'est pourquoi, il n'avait pas hésité à tout laisser tomber lorsque sa mère était morte, six mois seulement après la rentrée. Ça n'avait aucun sens de continuer après cet évènement. C'était pour elle qu'il avait choisi de faire des études après tout. Par la même occasion, il avait abandonné la lecture. Avec Anna, il y avait repris goût. Parfois ils lisaient chacun dans leur coin, elle dans sa chambre et lui dans la bibliothèque. D'autre fois, elle venait dans la bibliothèque pour y lire des livres à Adam, à voix haute. Elle prenait des ouvrages de poésie comme *Les fleurs du mal* de Baudelaire. Elle aimait découvrir de nouveaux poèmes, et lui aimait simplement l'écouter. Quand ils étaient dans la bibliothèque, ils ne parlaient pas, jamais. S'il tentait de lancer une conversation, elle ne réagissait pas. Elle était tellement plongée dans sa lecture qu'elle ne l'entendait plus. Ou elle l'ignorait. Mais cela ne dérangeait pas Adam, il chérissait ces moments de silence autant que ceux où ils discutaient. Peut-être même plus parce que cela signifiait qu'ils n'éprouvaient aucune gêne, aucun besoin de rompre le silence lorsqu'ils étaient ensemble.

Anna ne ressentait plus aucune défiance envers Adam. En fait, ils étaient simplement devenus amis. Cela le réjouissait autant que ça l'attristait parce qu'elle allait finir par rentrer chez elle. Il n'y avait pas d'autre fin possible. Si elle était restée jusqu'à présent, c'était le temps qu'Adam se remette de ses blessures, maintenant il fallait qu'il la raccompagne. Il ne pouvait pas la laisser partir seule. Déjà parce qu'elle ne saurait pas où aller mais surtout parce que les loups rôdaient toujours dans le coin, c'était bien trop dangereux. Mais il ne voulait pas qu'elle puisse voir le chemin parce qu'ainsi elle pourrait raconter à tout le monde comment venir au château. Elle avait dit qu'elle ne dirait rien mais on était jamais trop prudent. Adam avait un conflit intérieur. Le seul moyen de s'assurer qu'Anna ne parle pas de l'emplacement du château, c'était qu'elle ignore encore où il était. Il avait été facile de la faire sombrer dans l'inconscience la première fois, après l'avoir assommé il lui avait donné des somnifères qui fondaient directement dans la bouche. Il avait également utilisé ces pilules le soir où elle avait tenté de fuir pour la première fois. Mais aujourd'hui, il n'avait plus aucune envie de les utiliser. Anna et lui étaient amis à présent et lui-même avait changé. La preuve, il voulait la libérer. Mais la droguer à nouveau c'était quelque chose que l'ancien Adam aurait fait, pas lui. S'il voulait continuer sur le chemin de la rédemption, il n'avait pas d'autre choix que de lui faire confiance et prendre un risque énorme. Si jamais Anna racontait tout, il irait tout droit en prison pour kidnapping et séquestration. La propriété serait fouillée, le corps de sa mère retrouvé, et il serait jugé pour meurtre.

Parfois, il se disait que s'il avait raconté la vérité au sujet de sa mère dès le premier jour, peut-être qu'il n'aurait pas été jugé coupable et qu'il aurait échappé à la prison. Mais aujourd'hui c'était bien trop tard. Il avait accepté ses erreurs du passé et savait qu'il était impossible de les changer. La seule chose qu'il pouvait faire c'était avancer, faire les bons choix dans le présent. Autrement dit, ramener Anna chez elle, et espérer qu'elle ne révèle rien. Même si elle ignorait encore où se trouvait le château, elle connaissait son prénom et celui de sa mère. Le château ne se trouvait pas en haut d'un haricot géant et n'avait rien de magique. Si on connaissait le nom du propriétaire, on pouvait le localiser. Le père d'Anna le connaissait, pire, il connaissait sa mère. En fait, il n'y avait pas d'entre-deux. Soit Anna resterait silencieuse à son sujet, soit il finirait ses jours en prison. Dans tous les cas, il allait la laisser partir.

Chapitre 11

Aujourd'hui, Anna avait décidé de rentrer chez elle. Elle ne s'était jamais éloignée de son père aussi longtemps et le fait que lui ignorait si elle était en vie lui donnait encore plus envie de partir. Elle avait besoin de le voir, besoin de le rassurer, lui dire qu'elle était vivante et qu'elle allait bien. Mais elle savait que retourner chez elle impliquait de ne plus jamais revoir Adam. Et aussi étrange que cela puisse être, elle n'avait pas envie de le quitter. Elle avait eu du mal à l'admettre mais elle avait fini par s'attacher à lui. Il n'avait rien du monstre qu'elle croyait qu'il était. Adam était une personne difficile à cerner parce qu'il se voulait mystérieux et distant. Il ne montrait pas ses émotions mise à part la colère qu'il ne parvenait pas à maîtriser. Mais malgré son tempérament, Anna avait vu à quel point il était fragile et à quel point il avait besoin d'être compris, d'être vu, d'être entendu, d'être aimé. Adam se sentait abandonné par tout le monde à commencer par sa mère. Il ne l'avait pas dit lui-même mais il n'en avait pas eu besoin. Au fond, Adam était un garçon sensible mais il cachait sa vulnérabilité derrière une apparence froide et méchante. Pourtant, il était sympathique, amical et joyeux lorsqu'il cuisinait et doux, attentif, et calme lorsqu'il lisait. Le fait est que Anna ne voulait pas quitter Adam, elle ne voulait pas l'abandonner elle aussi. Mais partir c'était retrouver son père et tout le reste, toute sa vie entière se trouvait à Fleurabeau. Elle avait aimé vivre au château ces derniers jours mais ce n'était pas chez elle. Elle en était consciente tout comme elle savait que ses sentiments naissants n'étaient pas normaux. Normalement, elle aurait dû partir à la minute où il lui avait dit qu'elle était libre. Normalement, on ne s'attache pas à quelqu'un qui vous kidnappe. Anna n'avait jamais osé demander à Adam pourquoi il l'avait enlevée. Au fond, elle ne voulait pas savoir parce qu'elle avait peur d'apprendre la réponse. Et cet événement lui rappelait que même si Adam n'était pas un psychopathe, il était tout de même perturbé, gravement perturbé. Mais c'était l'une des raisons pour lesquelles elle voulait rester. Sa présence seule aidait Adam, à ses côtés il guérissait. Elle en était certaine, c'est pourquoi elle avait peur de ce qu'il ferait s'il était seul à nouveau. La solitude détruisait les gens à long terme.

Anna lui avait proposé de revenir à la ville avec elle, il pourrait vendre la propriété qui était à son nom depuis la disparition de sa mère, acheter un appartement en ville et peut-être même reprendre ses études de lettres. Quand elle lui avait dit ça, Adam avait eu une drôle de réaction. Il avait ri d'abord comme s'il venait d'entendre la blague la plus hilarante, puis quand il avait compris qu'elle était sérieuse, il l'avait gentiment remercié de sa proposition, ému, avant de changer radicalement de sujet. C'était il y a trois jours, depuis ils n'en avaient pas reparlé. Anna avait évité toute discussion sérieuse parce qu'elle savait que la prochaine qu'ils auraient serait importante, difficile, et sûrement la dernière.
Alors qu'elle était posée sur son lit, Adam rentra dans sa chambre. Il prit soin de toquer mais n'attendit pas qu'elle réponde. C'était plus pour la prévenir de son entrée qu'autre chose. Elle portait une robe rose pâle qui était très simple mais qui était tout de même une robe de bal. Lorsque Anna avait réclamé des vêtements normaux, il lui avait dit qu'il n'avait que ça pour elle. Il avait ajouté comme pour la réconforter que ces robes lui allaient très bien, et qu'elles étaient mieux sur elles que rangées dans des coffres ou des armoires. C'était des robes qui avaient appartenu à sa famille qui possédait le château depuis sa construction. Et puis, il avait fini par dire que

de toute façon elle ne resterait pas ici, ce qui avait mis un terme à la discussion.

— Alors le grand départ c'est pour aujourd'hui ? Je suis venu te ramener tes affaires, tes vêtements, tes clefs, ton portefeuille et ton sac. Il manque juste ton téléphone.

Si elle redoutait un peu son départ, Anna était tellement contente à cet instant qu'elle avait envie de sauter au cou d'Adam mais elle parvient à garder son calme et dissimuler sa joie soudaine.

— Merci, tu me raccompagnes pas ? elle demanda.

— Si, on partira à quatorze heures précises. Mais comme il n'est que onze heures, et qu'on n'a pas mangé, je me suis dit qu'on pourrait…

Il avait l'air terriblement vulnérable à cet instant. Il craignait qu'elle refuse si bien qu'il n'osait pas demander. Sentant sa nervosité, Anna l'encouragea.

— Oui ?

— On pourrait faire un pique-nique dans les jardins. Comme c'est notre dernier repas ensemble, je me suis dit qu'il fallait célébrer ça. Enfin, seulement si tu en as envie, si tu préfères partir maintenant, on peut faire ça, aussi. Je ne veux plus te forcer à qu…

— Adam ?

— Oui ?

— C'est d'accord. Laisse-moi juste me préparer et dès que je suis prête je te rejoins en bas. Ou en cuisine ?
— Non en bas, j'ai déjà tout préparé. A toute à l'heure.

Adam était soulagé qu'elle ait dit oui, vraiment. Soulagé et heureux. Il voulait partager un dernier moment avec elle avant qu'elle parte. Un moment différent de tous ceux qu'ils avaient déjà vécu. Il voulait partager avec elle un repas, un repas entre deux amis, pas un repas entre un ravisseur et sa proie comme au début. Adam avait changé, leur relation avait naturellement évolué. Il n'aurait pas sû mettre un mot sur les sentiments qu'il ressentait. Mais il était pleinement conscient d'avoir des sentiments pour cette fille, pour *elle*. Pas celle qu'il avait connue avant lorsqu'il était encore enfant ni même celle qu'il avait espionné des semaines durant et qu'il croyait connaître. Non, il avait des sentiments pour la vraie Anna Stone. Celle qui avait tiré sur un loup trois fois pour le sauver lui. Celle qui l'avait ramené au château et l'avait soigné. Celle qui avait cuisiné avec lui alors qu'elle n'y connaissait rien et peut-être même qu'elle n'aimait pas ça. Celle qui était capable de lire un livre à haute voix pour quelqu'un sans raison particulière. Celle qui avait appris à le connaître alors qu'il s'était refermé sur lui-même. Celle qui était restée alors qu'elle avait des millions de raison de partir. Celle qui lui avait rappelé que la vie valait la peine d'être vécue. C'était comme si elle l'avait réveillé après une longue période d'hibernation, et que maintenant il était prêt à vivre et non plus à survivre. Anna devait le savoir, il devait le lui dire.

Ce matin, dès son réveil, il avait tout préparé pour leur pique-nique même s'il n'était pas sûr qu'il ait lieu. Il avait rempli un panier de tomates cerise, de baby carottes, de morceaux de concombres. Ça c'était pour l'entrée. Pour le plat, il avait fait des sandwich saumon fromage frais qu'il avait découpé en triangle. Il avait pensé au chips pour accompagner les sandwichs mais il n'en avait pas dans les placards parce que ce n'était pas courant dans son alimentation. Pour le dessert, il avait préparé une tarte aux pommes maison. Il n'avait eu aucun mal à la préparer parce qu'il avait vu sa mère la faire tellement de fois qu'il connaissait la recette par cœur. C'était devenu son dessert préféré mais il n'avait jamais essayé de le faire tout seul. Et puis il avait pris de l'eau, et du jus d'orange maison. Il avait pensé à prendre une bouteille de vin mais comme Anna était encore au lycée, il avait vite renoncé à l'idée.

Puis il avait pris une nappe à carreaux rouges qu'il n'aimait pas du tout mais qui serait parfaite pour le pique nique. Enfin, il avait pris son violon. Il n'avait pas joué depuis très longtemps mais il avait envie de s'y remettre depuis quelques jours.

Il avait l'impression d'avoir préparé un rendez-vous amoureux tellement il avait pensé à tout. Tout sauf à sa tenue, il s'était habillé comme d'habitude, c'est-à-dire un tee-shirt noir et un jean gris basique. Il ne voulait pas en faire trop. De toute les façons, il ne savait pas trop comment il fallait s'habiller pour ce genre d'occasion. Ce n'était pas comme s'il était déjà sorti avec une fille. Il avait 21 ans et n'avait jamais eu de véritable petite amie. Il n'avait jamais ressenti le besoin d'en avoir une. Il se souvenait d'une fille qui avait tout fait pour sortir avec lui au lycée. Elle se nommait Elisabeth, comme sa mère, que tout le monde appelait Lizzy. Elle n'avait en commun avec sa mère que le prénom. En classe de première, elle avait essayé de manière absolument pas subtile de se rapprocher d'Adam sauf que ce dernier n'en avait rien à faire de cette fille. Et il le lui avait fait comprendre. Cette fille avait réussi à l'embrasser une fois au cours d'un action ou vérité. La seule fois où il avait participé à ce jeu débile. Mais c'était toute l'expérience qu'il avait en matière de fille et peut-être que pour la première fois, ça l'ennuyait un peu.

Il s'était installé dans les jardins pas très loin du château pour qu'Anna puisse le trouver facilement. Elle arriva bien dix minutes plus tard. À son grand étonnement, Anna n'avait pas revêtu la seule tenue qui lui appartenait mais avait décidé de se changer. Elle portait une robe de bal, bleue cette fois, beaucoup plus belle que la précédente. Elle avait des bretelles en tulles qui reposaient délicatement sur ses épaules, et la robe tombait tout en fluidité jusqu'à ses chevilles nues. Adam remarqua immédiatement qu'elle portait le collier de sa mère. Il l'avait mis, lui et tous les autres bijoux qui avaient appartenu à sa famille, dans la boîte à bijoux d'Anna, dans sa chambre mais c'était la première fois qu'elle en portait un et étrangement elle avait choisi celui-là parmi une dizaine d'autres. C'était un simple mais joli médaillon qui renfermait une photo. Celle d'Adam qui était encore tout bébé. Il se demanda si elle avait ouvert le médaillon et l'avait choisi en connaissance de cause. Peu importait. Elle n'avait pas de boucles d'oreilles peut-être parce qu'elle n'avait pas les oreilles percées. Elle n'avait rien fait à ses cheveux qui descendaient en cascade sur ses épaules. Il n'y avait pas une once de maquillage sur son visage, ce qui n'était pas surprenant vu qu'il n'y avait pas de maquillage à sa disposition. Et elle ne portait pas de chaussure, pourtant il lui avait rendu les siennes et elle en avait d'autres dans sa chambre, qu'elle avait déjà portées mais là, elle avait choisi de ne pas en mettre. C'était presque étrange comme choix parce que ça ne faisait pas vraiment habillé. C'était comme si, ne sachant pas si elle devait s'apprêter, elle avait choisi de ne pas choisir. Mais pour Adam, peu importaient ses choix vestimentaires, il l'avait toujours trouvé belle telle qu'elle était. Adam était soudain très timide, il ne savait que faire, ni quoi dire. Heureusement, elle s'assit à ses côtés, ce qui lui fit sortir de son mutisme.

— Tu es ravissante, merci d'être venue.

— C'est normal, ça me fait plaisir, dit-elle tout naturellement.

Puis elle se tourna vers le château et ajouta :

— Tout ça va me manquer.

Adam se demanda si par "tout ça" elle l'incluait lui. Se pourrait-il que ces sentiments pour elle soient réciproques ?

— Qu'est-ce que tu nous as préparé ? demanda Anna, les yeux sur le panier.

Il détailla le menu avec enthousiasme en sortant chaque aliment en même temps et se réjouit quand Anna lui dit qu'elle adorait les pommes. Elle lui raconta que petite elle allait en chercher dans le jardin de sa voisine âgée qu'elle considérait comme sa grand-mère. Lorsqu'Anna avait emménagé à Fleurabeau quand elle était petite, elle était un peu perdue et son père était occupé à ouvrir son restaurant alors il la laissait souvent chez la voisine. C'était une gentille vieille dame du nom de Françoise qui vivait seule parce qu'elle avait perdu tous les gens qu'elle aimait. Elle était ravie de s'occuper de la petite Anna qui lui rappelait sa petite fille qu'elle ne voyait plus. Ensemble, elles allaient cueillir des pommes, et ensuite Françoise préparait des compotes de pommes qu'elle vendait au marché. Alors qu'elle parlait avec affection de cette femme, Adam se demanda si elle était encore en vie et si Anna lui manquait. Il se sentait coupable à cette idée, et même le fait qu'Anna allait retrouver les siens aujourd'hui ne le réconfortait pas. Il se sentit mal tout à coup. Il avait commis une faute irréparable en kidnappant Anna. Même s'il la laissait rentrer chez elle, ça n'effacerait pas ce qu'il s'était passé, ce qu'il avait fait. Anna remarqua son désarroi.

— Je parle trop, je t'ennuie. Parle-moi de toi, dis-moi quelque chose que tu n'as jamais dit à personne ! lança Anna d'un ton jovial.

— Ma mère est morte, répondit Adam.

— Oui, je sais. Tu me l'as déjà dit.

— Non je veux dire, elle est morte par ma faute.

Et c'est de cette façon qu'il lui révéla la vérité.
Toute la vérité.

Chapitre 12

Anna ne s'attendait pas du tout à une révélation de ce genre mais alors pas du tout. En général, les garçons révélaient quelque chose qui les faisaient entrer dans un jeu de séduction. C'était une manière de flirter. Selon la réponse du gars, tu savais si tu l'intéressais ou pas. Mais Adam l'avait pris sérieusement, et il avait révélé un secret, un vrai secret. Un secret qui pourrait le conduire droit en prison. La jeune fille ne savait absolument pas quoi dire ni comment réagir. Elle aurait aimé être dans une conversation par texto comme ça, elle aurait pu verrouiller son téléphone et ne pas répondre tout de suite. Elle aurait eu tout le temps du monde pour formuler une réponse. Instinctivement, elle voulait dire qu'elle était désolée mais désolée pourquoi ? Désolée qu'il ait perdu sa mère ou désolée qu'il en soit responsable ? Adam avait la tête baissée depuis le début de son discours, et ne la regardait pas. Comme elle ne disait rien, il osa prendre la parole.

— Tu as peur de moi ?

Non, elle était un peu sous le choc face à ses aveux mais elle n'avait pas peur. Adam n'était pas un meurtrier. Il était responsable de la mort de sa mère, c'est vrai, mais cela ne faisait pas de lui un meurtrier pour la simple et bonne raison qu'il n'avait pas eu l'intention de la tuer. C'était juste un malheureux accident. Peut-être que si elle avait appris les faits il y a des semaines, elle n'aurait pas vu les choses comme ça. Mais les choses avaient changé.

— Non, je n'ai pas peur de toi. Je devrais ? finit-elle par répondre.

Adam ne la regardait toujours pas. Elle lui releva doucement la tête pour qu'ils se regardent droit dans les yeux. Elle y lut de la tristesse, de la culpabilité et un autre sentiment. De la honte. Elle réitéra sa question.

— Est-ce que je devrais avoir peur de toi, Adam ?

Il secoua doucement la tête. Elle ne devait pas avoir peur de lui. Tant mieux parce que ce n'était absolument pas ce qu'elle ressentait précisément à ce moment. Ils se regardaient toujours sans rien dire. Elle s'approcha davantage et ferma les yeux. Ce fut Adam qui inclina sa tête en premier.

L'instant d'après ils s'embrassaient. D'abord d'une manière très timide, puis avec avidité. Anna recula lorsqu'elle entendit son propre ventre gargouiller bruyamment. Cela les fit rire brièvement tous les deux, et le charme fut rompu. Il était temps de passer au repas qu'ils dégustèrent tout en parlant de tout et de rien. Aucun d'eux ne parla du fait qu'Anna partirait bientôt. Ce fut au moment du dessert qu'elle remarqua le violon qu'Adam avait apporté. Il avait beau dire qu'il n'avait pas joué depuis longtemps, qu'il était rouillé, elle insista. Le violon placé contre son épaule, Adam essayait de se souvenir de *La lettre à Elise* de Beethoven. Contrairement à ce qu'on pouvait croire, ce morceau était tout aussi jouable au violon qu'au piano. C'était la première partition qu'il avait apprise à 11 ans, et celle qu'il préférait jouer. Il ferma les yeux pour se concentrer et ses doigts se souvinrent rapidement des notes. Une fois qu'il commençait à bien jouer la mélodie, il ouvrit les yeux. Anna le regardait avec admiration. Elle avait toujours rêvé d'apprendre à jouer d'un instrument. Petite, elle voulait devenir musicienne juste parce qu'elle adorait la musique. Mais lorsqu'elle en avait parlé à son père. Il lui avait dit qu'elle devait choisir entre la musique et l'équitation, qu'elle ne pouvait pas faire les deux. Elle avait choisi l'équitation parce qu'elle aimait la sensation de liberté qu'elle ressentait quand elle montait à cheval. Mais en écoutant Adam jouer, elle se demandait si elle avait fait le bon choix.

Pour la deuxième fois de la journée, elle comprit qu'elle n'avait pas envie de quitter le château. Mais rester voulait dire abandonner tout le reste de sa vie et elle n'était pas prête à ça. Son père à ce jour devait être vraiment mort d'inquiétude. Peut-être pensait-il qu'elle était morte ? Cette pensée l'horrifia, il était temps de partir.

Elle n'aimait pas les au revoir encore moins les adieux. Si elle avait pu emmener Adam avec elle dans son monde, elle l'aurait fait volontiers. Mais si elle pouvait faire en sorte qu'il ne soit pas puni par la justice pour son enlèvement, elle ne pouvait rien faire pour la "disparition" de sa mère. Tôt ou tard, ils retrouveront son corps et inculperont Adam pour homicide au mieux involontaire. Si elle voulait le protéger, elle devait le quitter. Elle s'en voulait pour le baiser qu'ils avaient échangé quelques instants plus tôt. Il avait été juste parfait et savoir qu'Adam était attiré par elle autant qu'il l'attirait était fabuleux. Elle savait que c'était plus qu'une simple attirance mais ça n'avait aucune importance parce que leur histoire était vouée à l'échec avant même

d'avoir vraiment commencé. Finalement, ils quittèrent le château la nuit tombée. C'était beaucoup plus simple ainsi. Adam la raccompagnerait chez elle ni vu ni connu. Et le lendemain elle se réveillerait chez elle, dans son lit, comme si elle ne l'avait jamais quitté.
Il lui avait dit que c'était mieux qu'ils ne se revoient plus et qu'elle oublie ces dernières semaines comme si c'était facile à faire. Elle lui avait dit qu'elle n'avait pas envie de l'oublier lui. Alors il l'avait embrassée sans doute pour la dernière fois.

Ils avaient traversé la forêt sans rencontrer un loup, Dieu merci. Adam n'avait pas pris son arme car elle était difficile à cacher. Mais la traversée avait été facile parce qu'Adam savait s'y retrouver. Il avait l'habitude de le faire chaque jour lorsqu'il allait à l'université à Courcité. Après avoir marché dans la forêt, il retrouvait sa voiture soigneusement cachée. Puis il rejoignait la route principale et conduisait jusqu'à l'université. Adam détestait vivre au milieu de la forêt alors qu'on était au 21e siècle. Il l'avait l'impression d'être un putain de personnage de conte de fées. En plus, il n'était ni prince ni riche, ce que personne ne comprenait quand il disait qu'il vivait dans un château. Adam ne comptait même plus le nombre de fois où on l'avait traité de menteur. Donc il avait très vite cessé de le dire. Les gens de l'université, du lycée et même du collège croyaient qu'il habitait dans un petit village à proximité de Courcité. Il n'avait jamais démenti. Ce qu'il aimait le moins dans le fait de vivre à Caulut, c'était de faire les courses. Il y avait un potager où poussaient fruits et légumes mais pour le reste il fallait aller en ville au moins une fois par mois, ce qui était très ennuyeux. Adam regrettait le temps où il avait des domestiques pour faire ça pour lui.

La route jusqu'à Fleurabeau avait été un peu longue parce qu'il conduisait très lentement. Même si Adam avait obtenu son permis à ses 18 ans, il n'était absolument pas à l'aise en voiture et encore moins la nuit. Ils étaient finalement arrivés devant chez elle grâce aux indications d'Anna. Adam avait feint d'y prêter grande attention alors qu'il connaissait déjà le chemin. Une fois en bas de chez elle, il lui avait intimé de descendre avant qu'il ne trouve une place pas très loin pour faire tranquillement leurs adieux en bas de chez elle. Anna l'avait cru sur parole, elle était vite descendue et l'avait attendu devant chez elle. Il lui avait fallu vingt-cinq minutes pour comprendre qu'il était parti sans lui dire au revoir.

***

Adam était de retour au château, seul. Il avait choisi de ne pas dire au revoir à Anna, c'était plus facile pour lui. Mais il lui avait glissé une lettre dans son sac, une lettre pour qu'elle comprenne quel impact elle avait eu sur lui. Anna Stone avait changé sa vie.

Désormais, il ne voulait plus être ce garçon qui avait poussé sa mère dans les escaliers la tuant sans le vouloir. Sa mère, il l'avait toujours aimée, il ne lui voulait aucun mal. Jamais il n'avait souhaité sa mort. Pourtant, il l'avait poussé dans un excès de rage qui l'avait tué. C'était la plus grande erreur de sa vie et elle l'avait changée à tout jamais. Il avait tué sa mère. Il était devenu un monstre. Et un monstre ne pouvait pas être aimé, soutenu alors il avait repoussé tout le monde jusqu'à ce qui reste plus que lui.

Mais quand il avait vu Anna de nouveau, il s'était souvenu de l'enfant qu'il était avec elle. Il était bon, innocent à l'époque. Il pouvait peut-être l'être de nouveau grâce à elle. Alors il avait commis la deuxième plus grande erreur de sa vie, il l'avait enlevé à sa famille, à ses amis, à sa vie, croyant qu'ainsi il se retrouvait lui-même.

Mais c'était une erreur, elle n'était absolument pas celle qu'il croyait. Elle n'était pas la clé capable de lui rendre toute son innocence. Elle ignorait tout de leur enfance partagé. Elle était juste une lycéenne ordinaire, tout à fait comme les autres. Quand il l'avait réalisé, il avait compris qu'il ne pouvait pas gâcher la vie de cette jeune fille en espérant sauver la sienne. Alors il l'avait libérée, et étrangement elle était restée par envie, empathie, pitié. Peu importait, elle était restée et il avait appris à la connaître pour qui elle était. Il était tombé amoureux d'elle si rapidement qu'il n'osait pas se l'avouer. Et s'il était capable d'aimer alors il n'était pas un monstre, un psychopathe ou un meurtrier. Il n'avait pas besoin d'être sauvé. Il était toujours le même garçon qui aimait tendrement sa mère. Il n'avait pas changé. Il était toujours le même, pas un monstre, un être humain. Et comme tout être humain, il était capable de faire des erreurs. Des erreurs terribles et fatales mais il n'avait pas perdu son humanité pour autant. Il pouvait encore être quelqu'un de bien. La rédemption était encore possible à partir du moment où il décidait de demander pardon. Demain matin, à la première heure, il se rendrait à la police. Il avouerait tout et il payerait de ses erreurs. Parce que c'était ce que faisaient les gens bien.

Chapitre 13

Anna se réveilla aux alentours de huit heures du matin dans son lit, dans sa chambre, chez elle. Hier, en se couchant sans avoir vu son père, elle s'était dit qu'elle se réveillerait sans aucun doute avec la joie intense d'être de nouveau chez elle. Mais ce matin, sa première pensée fut pour Adam, pourquoi était-il parti de cette façon ?
Puis elle pensa à son père qu'elle n'avait pas vu depuis des semaines. Très vite, elle sortit du lit, se changea parce qu'elle s'était couchée sans le faire. Elle choisit l'un de ses jeans préféré assorti d'un haut banal. Avant de sortir de sa chambre, elle vit un papier plié en trois : une lettre d'Adam. Elle eut envie de la lire immédiatement mais se ravisa. D'abord elle devait voir son père. Elle sortit tout de même la lettre de son sac pour la cacher sous son matelas. Puis elle trouva son père endormi sur le canapé du salon. Avant de le réveiller, elle pensa à l'histoire qu'elle allait

inventer. Elle ne devait inclure personne d'autre parce que c'était vérifiable. Qu'est-ce qui était crédible ? Elle s'était enfuie parce qu'elle était enceinte et était revenu après avoir fait une fausse couche ? Non trop tiré par les cheveux. Et puis ça impliquait qu'elle avait été avec quelqu'un et qu'elle avait couché avec lui. Elle ne voulait pas que son père croit ça.

Soudain, elle eut de l'inspiration. Elle s'était enfuie pour un garçon qu'elle avait rencontré sur internet et il avait fini par l'abandonner donc elle était rentrée chez elle. C'était une histoire peut-être plausible pour n'importe quelle adolescente de son âge, mais ça ne lui ressemblait pas. Son père ne la croirait peut-être pas mais elle n'avait rien de mieux sous la main, et comme elle était revenue d'elle-même, personne n'enquêterait sur son mensonge. Et puis au fond, quelle importance si son père avait des doutes, elle était de retour et c'était tout ce qui comptait, non ? Elle n'eut pas le temps de parfaire son histoire parce que son père se réveilla soudain. Quand il la vu, il éclata en sanglots.
— Anna, Anna, c'est bien toi ma fille ? Je ne suis pas en train de rêver ? demanda son père.
— Oui, papa, tu ne rêves pas, c'est moi. Je suis revenue. Je te demande pardon, papa,

j'aurais jamais dû fuguer comme ça, je suis désolée, vraiment désolée !

— C'est bon Anna, je suis juste content que tu sois là, j'ai cru que tu étais… Mais c'est fini, tu es revenue à présent. Tout ira bien maintenant.

Ils étaient tous les deux en pleurs. Voir son père si ému, après tant de jours, avait suffi pour la faire pleurer. Il s'était levé pour la serrer contre lui. Il lui caressait les cheveux en lui répétant qu'il l'aimait. Anna était étonnée parce qu'il ne lui avait même pas demandé où elle était ou pourquoi elle était partie. Il le ferait sans doute plus tard mais pour l'instant il était heureux qu'elle soit revenue. Elle aussi. Elle n'était pas consciente que son père lui manquait autant.

Après avoir appelé le lieutenant de police pour lui dire que sa fille était rentrée chez elle, ils prirent le petit-déjeuner en regardant des dessins animés débiles à la télévision. C'était leur truc depuis qu'Anna était enfant. Jacques n'arrêtait pas de jeter des coups d'œil à sa fille pour vérifier qu'elle était bien là. Elle, elle était contente pour la première fois depuis qu'elle était rentrée, d'être enfin chez elle.

***

Le lieutenant de police Meunier buvait son café quand le père d'Anna Stone, Jacques Stone avait appelé. Sa fille était rentrée chez eux, elle avait fugué. Il était soulagé que cette jeune fille n'ait rien mais en même temps il était un peu déçu que ce ne soit qu'une fugue. Soudain son collègue Évan entra dans son bureau.

— Devine quoi ? s'exclama-t-il
— La jeune fille est rentrée chez elle, ce n'était qu'une fugue. Je suis déjà au courant, répondit le lieutenant avec lassitude.
— Quoi ? De quoi tu parles ?
— Anna Stone, tu sais la gamine de 18 ans. Et bah on l'a retrouvé, enfin elle est rentrée chez elle après avoir fugué apparemment. Décevant, hein ? De quoi tu voulais me parler ? expliqua Meunier.
— D'une affaire non résolue, une disparition inquiétante qui a eu lieu il y a deux ans…
— Elisabeth Chester ? J'en ai vaguement entendu parler.
— Eh bah figure-toi qu'on a du nouveau ! Tu sais elle avait un fils, Adam, 19 ans à l'époque. Il m'a appelé ce matin, apparemment il a des révélations sur sa mère à me faire.
— En quoi ça me concerne ? J'étais même pas flic à l'époque.

— Il veut qu'on aille chez lui et toi mon jeune ami, tu m'accompagnes !

***

Adam était seul chez lui. Il avait laissé un message vocal au lieutenant Rodriguez, chargé de l'enquête sur la disparition de sa mère. Il ne lui avait pas dit grand chose au téléphone, seulement qu'il avait des informations importantes à partager, des informations qu'il aurait dû partager le jour même de sa disparition. Il n'avait pas dit qu'elle était morte bien sûr, ni qu'il était responsable, ce ne sont pas des choses qu'on dit au téléphone.

Le lieutenant viendrait au château dans une heure. En attendant, il aurait un peu de temps pour lui avant d'aller en prison probablement. Peut-être qu'avec un bon avocat, il pourrait réduire sa peine.

Après tout, c'était un homicide involontaire, il n'avait commis aucune autre infraction, il n'avouera rien au sujet d'Anna et elle inventerait sûrement une histoire qui ne l'inclurait pas. Il avait confiance en elle. Ils avaient créé quelque chose, un lien fort en peu de temps malgré le contexte. Il lui avait écrit une lettre, une lettre d'amour, de remerciement, d'adieu. Mais il n'avait rien dit pour ses aveux, il devait le lui dire. Elle devait le savoir, peut-être qu' elle le retrouverait après ou peut-être pas. Mais il y avait un mince espoir alors il devait le lui dire. Mais comment ?

En bon stalker qu'il était, il avait le numéro d'Anna depuis le début. Le portable et le fixe qui étaient dans l'annuaire. Malheureusement il avait jeté le portable d'Anna la nuit où il l'avait enlevé et appeler sur le fixe c'était prendre un très gros risque puisque son père pouvait répondre. Depuis très longtemps Adam n'avait plus de téléphone alors il avait acheté un téléphone prépayé pour contacter le lieutenant. Il pouvait appeler Anna, entendre sa voix. À condition que ce soit elle qui décroche bien sûr. Dans le cas contraire, il raccrocherait immédiatement.

Habituellement, il n'aurait jamais pris ce risque énorme, il aurait appelé sur le fixe que s'il était sûre à 100% qu'elle était seule chez elle. Comme il l'espionnait il y a quelques semaines, ça aurait été facile pour lui. Mais aujourd'hui il avait changé et il n'avait aucun moyen de savoir si elle était toute seule où même si elle était chez elle. L'ancien Adam n'aurait jamais appelé mais celui d'aujourd'hui était prêt à prendre ce risque juste pour l'entendre une dernière fois. Non sans appréhension, il composa le numéro et attendit trois longues sonneries avant d'entendre avec soulagement la voix d'Anna.

— Allo
— C'est moi, Adam. Je n'ai pas beaucoup de temps devant moi mais je voulais t'appeler avant.
— Avant quoi ?
— Avant de me rendre à la police.
Il y eut un silence au bout du fil. Il entendit vaguement qu'Anna parlait à son père mais il ne saisit rien de la conversation. Trente secondes plus tard, il entendit distinctement la voix d'Anna.
— Oui, c'est bon. Je t'écoute, vas-y raconte.
— Attends, j'ai besoin de savoir d'abord, tu as lu ma lettre ?
— Non pas encore, pourquoi ?
— Pour rien, ce n'est pas grave. Je vais me rendre, j'ai appelé la police, ils vont venir et je vais tout leur dire. Et j'irais probablement en prison.
— Attends, je ne comprends pas. Je n'ai rien dit à personne. Je te le jure. J'ai inventé une histoire, j'ai dit que j'avais fugué et mon père m'a cru. Tu n'as pas besoin de faire ça.
— Je te crois, ce n'est pas à propos de toi que je vais avouer. C'est à propos de ma mère.

— Pourquoi ? Pourquoi maintenant ? demanda-t-elle après un moment de silence. Elle était émue, on pouvait l'entendre. Lui aussi était au bord des larmes. Pour la première fois depuis qu'il avait pris cette décision, il réalisait vraiment ce qu'il allait faire et tout ce qu'il allait perdre. Et ça se résumait en un mot : Anna.

— Je n'ai pas le choix, plus maintenant. J'aurais dû dire la vérité sur le moment. J'ai besoin de me racheter pour ce que j'ai fait, tu comprends ? Je dois payer, c'est la seule solution pour aller de l'avant, pour retrouver ma vie, pour me retrouver. J'en ai besoin. Je ne m'en remettrais jamais sinon.

— Je comprends Adam, et je... Je sais pas quoi te dire, je suis désolée.

— Je voulais juste t'entendre une dernière fois et te dire au revoir.

— Au téléphone ? Je suis pas d'accord. Hier tu t'es enfui avant de me dire au revoir et aujourd'hui tu veux faire ça par téléphone. Je crois que je mérite mieux que ça.

— Tu as raison, mais si je te revois je risque de changer d'avis et c'est trop tard la police est en chemin ma belle. Je suis désolée, j'ai tout mal fait, tout gâché. Ça aurait pu être différent, être normal. Tu mérites mieux que moi.

— Dis pas ça ! On se reverra Adam. Et on fera tout comme il faut cette fois-là.

— Tu le promets ?
— Oui. Prends soin de toi, Adam.

Il fut obligé de mettre fin à l'appel juste après. La police était là. Il était encore ému par cet appel, ça se devinait parfaitement. Tant mieux, ça l'aidera sûrement pour la conversation à venir.

Épilogue

Anna,

Pour commencer je tenais à te dire que je suis désolé de t'avoir enlevé cette nuit-là. Je suis conscient d'avoir commis une terrible erreur mais j'étais perdu et je pensais que tu étais la solution à tous mes problèmes. Au lieu de ça, j'ai créé moi-même un problème. C'était bête et je m'en veux énormément. Je sais que rien de ce que je pourrais dire effacera ce qu'il s'est passé mais si je veux avancer dans le droit chemin, et changer, je dois demander pardon. Alors voilà, je te demande pardon.

Si je t'écris ce soir, c'est parce que je sais que tu vas rentrer chez toi demain. Et je sais que je n'aurais pas le courage de te dire cela de vive voix. Je voulais te remercier pour que tu saches à quel point tu as eu un impact sur moi. Merci d'avoir tué le loup qui m'attaquait. Tu aurais pu t'enfuir et tu ne l'as pas fait. Merci de m'avoir ramené au château et de m'avoir soigné. Sans toi, je n'aurais pas survécu. Merci d'avoir cuisiné avec moi. Je croyais que cuisiner était une corvée et avec toi j'y ai pris du plaisir. Merci d'avoir lu avec moi et pour moi. Ma mère était la seule qui l'avait jamais fait. Merci de m'avoir rappelé que la vie valait le coup, même quand on croit avoir tout perdu, que rien n'est jamais acquis et qu'on peut toujours changer à partir du moment où on le décide. Merci d'être restée quand je t'ai dit que tu pouvais partir. Merci d'avoir été toi quand moi je ne savais plus qui j'étais. Merci pour tout.

Je crois que je suis tombé amoureux de toi, je ne sais pas quand exactement mais c'est arrivé. Alors que je ne me croyais plus capable d'aimer. J'avais oublié que j'étais toujours un être humain, que j'avais un cœur, et que la tristesse, la culpabilité et la honte n'étaient pas les seuls sentiments qui existaient. Après la mort de ma mère, je m'étais enfermé dans ma propre solitude, j'ai rejeté tout le monde parce que je pensais ne pas les mériter. J'avais tort. Je l'ai compris que trop tard mais mieux vaut tard que jamais, non ?

Avec tout mon amour,

Adam.

Remerciements

Je tiens à remercier tout d'abord ma sœur Imani Mlanao parce que c'est la première personne qui m'a poussé à développer mon imagination et ma créativité dès mon plus jeune âge avec les Jeux Trop Cool. Et puis elle m'a inspirée en créant son propre magazine, sa newsletter et ses podcasts. Grâce à elle, j'ai pu comprendre que c'était possible de réaliser ses rêves.

En plus d'être une sœur formidable, j'ai pu éditer ce livre grâce à elle. Je n'étais pas très sereine à l'idée de vendre cette histoire et elle m'a motivée à le faire. Elle s'est occupée de toute l'édition à commencer par la correction jusqu'à la distribution. Sans elle vous n'auriez pas ce livre entre vos mains.

Je tiens aussi particulièrement à remercier mes amies, Lola Badruna et Océane Mangel sans qui ce texte n'aurait jamais existé. Merci de m'avoir inspiré, lu et relu, corrigé. Merci d'avoir critiqué les premières versions de cette histoire.

Je tiens aussi à dire un petit mot à toutes les personnes à qui j'ai dit que j'avais pour projet d'écrire un livre. Merci d'avoir été impressionné, de m'avoir encouragé. Grâce à vous, je me suis sentie capable de mener à bout ce projet alors merci.

Merci aussi à tous mes professeurs de français ou de grammaire qui m'ont transmis l'amour des mots, de la langue française, de l'orthographe, et de la grammaire.

Je dois évidemment dire un grand merci à toi pour avoir acheté ce livre. Tu fais de mon rêve une réalité. Un livre n'est rien sans un lecteur.

Pour finir, merci à toi aussi Maman (oui oui avec un m majuscule) de m'avoir toujours encouragé dans mes passions, la lecture comme l'écriture, de m'avoir amené à la bibliothèque, enfant, et de toujours accepter que je te raconte l'histoire du dernier livre que j'ai lu. Tu es à l'origine de mon amour pour la lecture. Sans toi, je n'aurais jamais écrit un livre.

Avec amour,

Ayat.